叶晓娴 著

人民都是友好的
——欧洲城市人文揽胜

上海三联书店

目录
/CONTENTS

序 ………………………………… 汪长纬　I

东方欲晓

匈牙利篇 ………………………………… 5
捷克篇 ………………………………… 14
波兰篇 ………………………………… 23
保加利亚篇 ………………………………… 37

西域晚红

法国篇 ………………………………… 51
荷兰篇 ………………………………… 57
比利时篇 ………………………………… 62

卢森堡篇 ······························· 67

奥地利篇 ······························· 71

瑞士篇 ································· 83

南国粉黛

意大利篇 ······························· 98

巴尔干篇 ······························· 122

北方佳丽

瑞典篇 ································· 153

挪威篇 ································· 162

芬兰篇 ································· 169

丹麦篇 ································· 175

波罗的海三国篇 ························· 181

人民都是友好的（代跋）················· 199

序

◎汪长纬

　　刚刚读完叶晓娴的《我行故我在——欧洲城市风情札记》，便接到"指令"——为这本书的姊妹篇《人民都是友好的——欧洲城市人文揽胜》作序，之所以称"指令"，概因作者的父亲叶治安先生是我在《城市导报》共事多年的同事，彼此相知，惺惺相惜，因了这层关系，所以就有不容讨价还价、不写不行之意了。

　　但是，晓娴这是抬举我了，因为我总觉得自己文字粗陋，不足以为她的大作增彩，所以感觉上似有点强我所难。可当我通读书稿之后，颇有所感且颇觉获益，觉得还是可以说几句自己熟悉的，以前曾从事过的业务工作上的话，于是就勉力为之了。

一

　　城市是社会、经济发展的产物，更是文化的产物，故而有专家断言：城市的本质是文化。当然，这个文化包括了物质文化与精神文化两个方面。人们固然可以从不同角度解读这一命题，但是，城市是人类文明的产生地，也是人类文明的集中展示地，则是毋庸置疑的。悠久的历史和丰厚的文化底蕴，正是诸多名城古邑的独有魅力。作为留学欧美多年的学者，作者的旅游兴趣显然并非只是定位于名山大川，我从书稿的字里行间分明感觉到，她几乎是怀着虔诚、敬畏甚至朝圣的心态，去觐见欧洲那一座座久负盛名的城市，去拜谒一个个创造了历史的伟人巨擘。

　　作者携父母在欧洲大地上的旅行，着意于城市人文历史，这让人感受到了这个知识分子家庭的情操和志趣。治安本人是对城市问题情有独钟的资深新闻记者，在《城市导报》时就走南闯北，采写了不少具有独到视角的城市问题的新闻报道。后来他作为专业刊物《城市管理》的首席记者，更是广泛涉猎城市的规划、建设、管理等领域，对若干热点问题进行过深入探究并形成自己的独到见解。在 2018 年 4 月，我与治安等同事去台湾自驾行，治安先生对城市人文的执着和热情，给我留下了深刻印象。那次旅行由于他提出的"人文旅游"主张，让我们在饱览宝岛的湖光山色和碧海大洋之余，还收获了诸多人文历史见闻和民俗风情的感受。

在注重历史人文旅游方面，究竟是父亲影响了女儿，还是女儿影响了父亲，抑或是有其父必有其女？不得而知。但可以肯定的是，作者一家三口对欧洲城市的探访，是奔着但丁、达·芬奇、梵高去的，是奔着莫扎特、贝多芬去的，是奔着哥白尼、伽利略、爱因斯坦去的，是奔着诞生了这些崇高而智慧生命的圣地去的。所以，即便我也造访过巴黎、阿姆斯特丹、布鲁塞尔、卢森堡、维也纳、米兰、法兰克福等欧洲城市，但在拜读这本集知识性和思想性于一体的旅游散文集之后，也获得了不同寻常的感觉——那就是仿佛走进了欧洲历史。

二

人，没有脊梁立不起来。城市呢？没有"脊梁"同样"立"不起来。城市的"脊梁"是什么？毫无疑问是城市的历史传承和文化底蕴。没有这种"脊梁"的城市，由于"浅薄"和"底气"不足，往往"叫不响"，很难"立"于中国或世界城市之林。

建设现代化城市，从本质上讲是站在历史城市的肩膀上开拓未来的城市。所以，真正意义上的现代化城市应当具备的属性是：历史在现代中得到延续，现代从历史里找到根基。因此有人说，没有历史传承和文化底蕴的城市，不是现代化城市。信哉，此言！

作者在书中所介绍的那些欧洲城市，几乎座座都是古董级的艺术品，但这并不妨碍这些城市走向现代化。我本人也去过巴黎，这座举世公认的现代化国际大都市，既有保护完好的香榭丽舍大街这样的老区，也有极其现代摩登的新区，新区与老区相互辉映，相得益彰，让人们由衷地感佩这是一座历史与现代和谐统一、没有折断"脊梁"的城市。尽管不能说巴黎就是城市保护与建设的经典样板，但它重视历史传承、保护文化底蕴的精神是可供借鉴的。20世纪90年代末期，一个司职城市管理专业的法国代表团在我国考察时，看到一个著名大城市的成片旧区被大拆大改得无踪影时，发出感叹和惊呼："这是断了城市的脊梁骨！"这个振聋发聩的呐喊，是早就应该警醒国人的，因为建设现代化城市不能割断历史，不能统统推倒重来。只有站在历史的肩膀上，才能创造未来！

三

20世纪美国著名的社会哲学家，同时也是城市学家的刘易斯·芒福德有一句名言：城市是爱的器官，尽管我对这句话的深邃涵义还不甚了了，但从《人民都是友好的——欧洲城市人文揽胜》所介绍的风土人情中似乎可以窥见一二，窃以为，"城市是爱的器官"，至少体现在以人为本的城市规划理念上，反映在友善的城市人际关系中，融洽在和谐的城市生态环境里，所以 2010 年上海世博会的主题被命名为"城市，让生活更美好"！如今人们耳熟能详的"以水为源，以绿为美，以人为本"的城市规划、建设、管理的旨要，其实在欧洲城市的兴起初期就略见端倪。回望我国现在的城市化进程中，越来越注重基础设施建设的人性化，越来越注重管理的人性化，正是为刘易斯那句名言作了最为贴切的注脚。

本书某些章节后记载有和书名相呼应的"旅途故事"，这些描述不同种族之间人类之爱的文字，体现了一种普世意义上的人文情怀，读来感到相当温馨。从一个宽泛的角度上来说，热情友好、高素质的市民、深厚的历史文化底蕴叠加在一起，才赋予了城市的真正竞争力。我相信，这本揽胜欧洲城市的旅游散文集，不论是对已经和准备去那里旅游的人们，还是想学习了解欧洲城市历史人文的读者，都会有所裨益的。

2022 年 3 月 28 日

东方欲晓

东欧，是一方具有鲜明地域特色的旅游胜地，曾有诗人褒扬它"像一位高贵典雅、风姿绰约的美人，有着无限的清高，深邃的眉眼，诱人的神秘。"布达佩斯、布拉格、华沙、克拉科夫、索菲亚……，这些充满诱惑力的城市，令世界各地成千上万的游客流连忘返，所以，当你行走在东欧大地上时，一定会深陷和陶醉在厚重的历史底蕴和浓郁的民族风情中……

就个人意向而言，我对去东欧旅行兴趣甚浓，此乃或因国情所致——30多年前，东欧的波兰、捷克斯洛伐克、匈牙利、保加利亚等与我国的社会体制相同，都是人民民主专政，都是以公有制为主体，都是以计划经济主导……，我在东欧旅行时还发现，直到今天，那方土地上还残留着不少时代的痕迹。

前苏联解体前的东欧，在国际上更多地被视为是一个

英雄广场——匈牙利布达佩斯

地缘政治概念——苏联、民主德国、匈牙利、波兰、捷克斯洛伐克、保加利亚，这是华约同盟国，而阿尔巴尼亚、罗马尼亚、南斯拉夫，虽然在一段时间内也从属苏东阵营，但之后与前苏联产生隔阂，而且在很多场合离心离德，龃龉不断。1991年，前苏联解体后，地缘划分上的东欧国家又多出了乌克兰等好几个国家。

国际社会对苏东剧变的原因众说纷纭，国内学术界的观点也是各执己见，由于年龄关系以及所受的教育具有相对的局限性，所以80后、90后一代人对前苏联解体的那段历史比较生疏，不过从目前的情势看，有一点可以肯定，那就是随着更多的历史档案被解密，这个被学术界称为

"劳动者最光荣"——保加利亚
索菲亚

"20世纪人类社会学第一课题"的研讨和争论还将继续下去，因为它毕竟具有划时代的意义。

除了阿尔巴尼亚，我已走遍了所有的前苏东集团国家（不包括从前苏联分离出来的部分国家），没去阿尔巴尼亚，一是为时间所限，二是这盏当年的"欧洲社会主义明灯"在苏东阵营中属另类，所以早在20世纪60年代左右，就被排除在社会主义大家庭之外了。

匈牙利篇

布达佩斯

　　我首次环欧旅行是在 2011 年的夏季，落地城市是匈牙利首都布达佩斯，做此选择完全是出于好奇心——我的一位匈牙利同学曾对我说，我们的祖先来自东方，是被你们中国汉王朝一个将军打败的匈奴后裔。我的历史知识很浅薄，对她褒扬我华夏民族的话不敢妄信，所以就去查阅资料典籍，但面对浩繁的史料记载，我是一头雾水，实在难以厘清真伪。不过从那以后，拜访匈牙利却成了我的一个夙愿，因为我有时会臆想，如果匈牙利人真是匈奴的后裔，那他们中有些人的脸型是不是还保留着东方人的一些特征？或者他们的生活中是不是还残留着一些游牧民族的习俗？

当然，这是我给自己想去匈牙利旅行所设定的一个几近幼稚的理由。

我去布达佩斯的另一个动机就是想去拜谒两位我感兴趣的历史人物：一位是裴多菲，因为我喜欢那首"我愿意是激流"的诗，这是我在大学时代的青春阅读记忆，它给了我很多美好的憧憬；另一位是纳吉，此人已被历史的尘埃所淹没，但我看了一份匈牙利的国家历史资料后确信，在人类历史的进程中，纳吉应该享有客观公正的评价。

我从斯德哥尔摩飞到布达佩斯，乘坐的是北欧航空，单程机票价高达72欧元，如果选择瑞安航空，那一半价也不到，但限于既定行程的安排，所以就不得不奢侈一回了。

英雄广场

我到达布达佩斯后第一时间去的是英雄广场，那是承载这座城市，或者说是承载匈牙利国家历史的坐标，在匈牙利国民心中，英雄广场就是集艺术、政治和历史三位一体、且具有民族象征意义的一方圣地，其地位等同于北京的天安门。

蓝天白云下的英雄广场极为壮观，中央那座建国千年纪念碑直插云霄，这是一座新巴洛克建筑，它的顶端是一手举着十字架，一手擎着两个王冠的天使铜雕，其含义是表明匈牙利人在这块土地上取得的法定居住权。碑座下塑有7位骑着高头大马的人物雕像——1000多年前，马扎尔人的7个部落在首领统率下，从乌拉尔山西麓和伏尔加河一带迁徙到了多瑙河畔，从事畜牧耕作并繁衍后代，这才有了今日的匈牙利国家。1896年，为了缅怀7位"国父"的丰功，在纪念立国千年时，匈牙利人兴建了这座英雄广场。

匈牙利人是亚洲人后裔，似乎已得到国际社会公认，但是否匈奴的直系后代尚未有定论，因为没有确凿的史料证明，当时欧洲人所称的匈人和中国西汉时的匈奴是同一民族。我曾看到有的出版物上说，被东汉大将军窦宪打败的匈奴，其中有一个分支北匈奴，在公元350年左右西迁入欧洲，但也有不少学者，主要是欧美学者，认为匈牙利人是原本生活在高加索一带的北褥九离人，因为地域生存条件太恶劣，所以举族西迁到多瑙河流域定居，历史公案延宕已有百年之久，迄今没有定论。不过，匈牙利国内倒是有很多人认为自己是亚裔，那位匈牙利同学还告诉我，他们国家现任总理欧尔班曾斩钉截铁地说过：我们的祖先来自亚洲毋庸置疑。

我对这些说法将信将疑，但中匈两国文化在有一点上相同，即欧洲人都是名前姓后，只有匈牙利和中国一样是姓前名后。我不知这是否可作为两国有历史渊源的佐证之一？

在千年纪念碑前，有一方棺椁，这是二战后匈牙利人民为纪念历代民族英雄而建，棺盖上有一排浮雕大字：为

英雄广场留影

了我国人民的自由和民族利益而牺牲的英雄永垂不朽！为什么自由和民族利益同等重要，匈牙利同学对我说，因为没有自由，民族利益也不存在了。我想她说得对，受异族统治压迫的民族，既无自由也无民族利益可言。

我们借宿的那家小旅馆老板很热情，我向他询问去英雄广场的路，他告诉我要乘4路和72路两辆公交车，因为去4路站点要转两条街，旅馆老板怕我们人地生疏摸不着，所以主动提出带我们去公交车站。一路上，他用生硬的英语给我们介绍多瑙河、渔人堡、链子桥等，临别时还叮咛了一句：路上注意安全。这是我在第一次环欧旅行中首次感受到"人民都是友好的"！

20 世纪 80 年代末苏东剧变后，东欧集团国家中数匈牙利与中国关系最友好，经贸文化等往来一切如常，因为两国仍互免入境签证，所以到匈牙利做生意的中国商人也远多于东欧另外几国。旅馆老板告诉我，布达佩斯的中国餐馆大概有几十家，英雄广场边上就有，在中国城还有小吃一条街，你们有时间可以前往品尝一下。

裴多菲和裴多菲俱乐部

裴多菲的青铜塑像在布达山上，但我拜见的裴多菲塑像是在多瑙河畔，据说别处还有，一个彪炳千秋的民族英雄，国民为他多塑几座雕像属民心所向。

鲁迅先生对裴多菲有诸多称赞，说"自己向来原是很爱裴多菲的人和诗的"，"是我那时所敬仰的诗人"，"是桀骜英勇爱国诗人"等等。在《为了忘却的纪念》一文中，鲁迅还引用了裴多菲的诗：生命诚可贵，爱情价更高，若为自由故，两者皆可抛！一个多世纪以来，世界上很多青年人把它作为人生信条，而我对"自由"的朦胧理解，即出自裴多菲的这首箴言诗。

但我最喜欢的还是《我愿意是激流》，在 5 个"愿意"中，我最欣赏的是下面这一个：

　　我愿意是废墟，

　　在峻峭的山岩上，

　　这静默的毁灭，

　　并不使我懊丧……

只要我的爱人，

是青青的常春藤，

沿着我荒凉的额角，

亲密地攀援，上升。

在裴多菲短暂的 26 年生涯中，共创作了 800 多首抒情诗和 8 部长篇叙事诗，还有不少戏剧和游记，如此成就，在欧洲和世界文学史上堪称罕见。裴多菲不仅是匈牙利民族文学的奠基人，也是一个追求自由和美好的高大上青年。遗憾的是天妒英才，1849 年，在瑟克什堡与沙俄军队的血战中，诗人被哥萨克骑兵刺死。

半个多世纪前，由于一些居心叵测者的误导，使整整两代中国人对裴多菲俱乐部产生了一些负面的认知。今天解密的材料显示，当年把裴多菲俱乐部定性为匈牙利事件的罪魁祸首，是少数别有用心者密谋的一个冤案。因为，裴多菲俱乐部实际上是匈牙利劳动人民党中央政治局正式批准，作为匈牙利劳动青年联盟下属的一个组织合法成立的，俱乐部领导机构的 20 名成员中有 17 名是党员，其中包括中央委员索洛伊·贝拉、党报总编

裴多菲塑像

霍尔瓦特·马通、党中央宣传局局长诺格拉迪·山道尔等。严格地说，这是一个完完全全的体制内机构，不会也不可能反党反社会主义，更没有能力和必要发动和组织全国性的反政府运动。

但我在布达佩斯与人聊天时发现，当地很多人（主要是我的同龄人），竟不知道有"裴多菲俱乐部"这档子事，这令我感到很奇怪，当年世界舞台上曾轰轰烈烈闪亮登场的一个重要角色，今天在他的发源地怎么会竟然默默无闻呢？如此这般，我推测布达佩斯的很多市民，也就无从知晓"裴多菲俱乐部"在我们中国大陆是一个什么样的社会学符号了。

还历史以本来面目

一个老人静静地伫立小桥中央，微侧着头，似乎在问：究竟是我有罪，还是你们错了？他就是匈牙利共产党和匈牙利共和国的缔造者之一——纳吉·伊姆雷，匈牙利人民选择在烈士广场让这位共和国前部长会议主席栖身，或是旨在向世界宣示他的历史地位。

在长达半个世纪的漫长岁月中，世界上的一部分人，尽墨纳吉和他的同伴，这既有悖历史事实也有失客观公正。仍是从解密的材料看，1956 年的匈牙利事件不是前苏联所定性的反革命暴乱，而几十万聚集在英雄广场的布达佩斯市民也不是反革命暴徒。1989 年 7 月，还是在匈牙利共产党（前身即匈牙利劳动人民党）执政期间，匈牙利最高法院就已宣布撤销了当年对纳吉等人的判决。当时，25 万

回眸往昔，功过是非谁与说？

布达佩斯的市民自发地聚集在英雄广场和墓地，为屈死的纳吉及其同伴举行国葬，政府总理内梅特等人亲自为纳吉等死难者守灵。苏联解体后，俄罗斯两任总统，叶利钦和普京就此事先后向匈牙利人民致歉，这表明在还纳吉清白的同时，也彰显了历史的本来面目。

在匈牙利的国家档案中，还保留着当时法庭对纳吉和他同伴的审判记录——

庭长：职业？

纳吉：匈牙利共和国部长会议主席。

庭长停顿了一下，随即轻声对不知所措的书记员说：前部长会议主席。

纳吉：不，据我所知，我被任命此职是在 1956 年 10 月 24 日，迄今为止，没有任何合法机构对此任命提出过异议。

庭长：被告是否认罪？

纳吉：不！我无罪！

法庭紧接着对国防部部长帕尔进行审判。

庭长：职业？

帕尔：国民军总监，匈牙利共和国国防部部长。

庭长： 前国防部部长。

帕尔： 不，匈牙利部长会议主席纳吉从未撤过我的职。

纳吉在一旁发言证实帕尔的回答正确，年轻的国防部部长与年老的总理相视一笑。法庭最后判决纳吉、帕尔和新闻记者基什迈处以绞刑，宣判结束后，庭长问纳吉是否想提出赦免申请，后者只回答了一个字： 不！帕尔和基什迈也作了同样的回答。

两天以后，在布达佩斯中央监狱的一处小院内，纳吉、帕尔和基迈什被送上了绞架。纳吉最后的遗言是： 我相信，历史将宣判杀害我的刽子手，只有一点是违背我的意愿的，即将来由杀害我的人来替我平反昭雪。33 年后，纳吉的遗言成谶！

赘述一下：1950 年，电影演员陈强随中国青年艺术代表团访问布达佩斯，因正逢大儿子出生，所以他为儿子取名布达。后来小儿子降临，取名佩斯，合起来是"布达佩斯"。那个年月，公费出国是一件了不得的大事，一个艺人能享有如此待遇，可谓三生有幸，所以，用出访城市的名字为儿子命名，也可算是比较合乎情理且有趣的一种纪念方式。

捷克篇

布拉格

我个人认为，在东欧各国的首都中，最富艺术情调的当属捷克的布拉格，因为，从查理大桥、黄金小巷、旧城广场、圣维特教堂、布拉格大学等一路逛下来，你会从心底泛起一种置身于艺术熔炉中的感觉……

我还认为布拉格的市民值得称赞。半个多世纪前，当前苏联的坦克开进布拉格街头时，布拉格的市民不是蜷缩在角落里瑟瑟发抖，而是勇敢地爬上坦克与侵略者据理力争。所以，布拉格不但是一座具有极高艺术内涵的城市，布拉格还是一座受人尊敬的城市！

我从德国纽伦堡乘坐长途巴士到布拉格，票价折合人民币176元，全程行驶时间约4小时，车况很好，宽敞而整洁，而且车位之间的距离很大，我猜这是因欧洲人的体型而"量身定制"的。

查理大桥

布拉格有句俗语：没有走过查理大桥就不算到过布拉格。为了印证其可信度，我下车甫定，便径奔查理大桥。

现代派文学鼻祖卡夫卡留在世上的最后一句话是：我的生命和灵感全部来自于伟大的查理大桥。这个出生在大桥桥墩边的犹太人，"3岁时便开始在桥上游荡，他不但能说出大桥上所有雕像的典故，有好多次我甚至发现，他竟在夜晚借着路灯的光亮数着桥上的石子"（雅努斯《卡夫卡对我说》）。

欧洲人称查理大桥是"露天巴洛克塑像美术馆"，因为在520米长的桥上，矗立着30尊圣者雕像（我全部拍了下来），据说每座雕像都内含意味隽永的圣经故事和民间传

查理大桥的圣者雕像

说，而雕像的作者都是 17、18 世纪捷克赫赫有名的巴洛克艺术大师。查理大桥之所以名震寰宇，主要源自这些享誉天下的艺术作品（捷克朋友说，我们现在看到的都是复制品，原件被藏在博物馆中）。

查理大桥的艺术地位还有它动态的一面——每天都有艺术家，而且是有专业水平的艺术家在桥上练摊，有演木偶剧的，有绘画的、有演奏器乐的……，这些艺术家们为人热情，当游客停下脚步欣赏他们的表演或创作时，他们就会微笑着向观者致意。因为我们是东方人，所以受到的关注度更高一些，一个画水彩画的人向我们扬手用汉语招呼道："你好！中国人"！我问他你怎么知道我们是中国人？

正在演奏《快乐寡妇圆舞曲》的夫妇组合

他说因为现在到布拉格来旅游的中国人居多，几乎每天都有中国人来查理大桥，所以他猜想我们是中国人。

查理大桥的桥龄已有650 岁了，但仍坚如磐石，当年纳粹的坦克车队从桥上驰过也未能使它有丝毫动摇。布拉格市政府出于文物保护的理念，禁止一切车辆在桥上通行，这反映了城市行政当局对待历史文物的态度。尽管东欧国家的社会体制曾与我国相同，可在对本民族传统文化的保存和保护方面还是与我们有相异之处，所有的历史遗址和遗迹，除了因天灾和战祸（主要是异族之间的战祸）而遭毁坏外，没见过在国家范围内对民族文化遗产有毁弃行为的。文物古迹既是一个民族的宝贵财富，也是传承民族精神的载体，一朝被毁，便铸成千古遗恨，全体人民应该知晓这个浅显的道理。

真理必胜

因为《城堡》，很多中国人知道了弗兰兹·卡夫卡，因为《生命中不能承受之轻》，很多中国人知道了米兰·昆德拉，但对我们的父辈来说，卡夫卡和昆德拉的名气都比不上尤里乌斯·伏契克，而且《城堡》和《生命中不能承受之轻》在中国大陆的发行量也没有《绞刑架下的报告》那么多，虽然前后两者的艺术性和思想性不能相提并论，但一代人有一代人生活经历，年逾花甲的国人至今仍记得"人们，我爱你们，可是你们要警惕啊"！

但于我个人而言，卡夫卡、昆德拉和伏契克都不是我最欣赏和崇拜的捷克人，我最敬仰的是今天屹立在旧城广场上的扬·胡斯！600年前，为了坚守真理必胜的信念，捷克伟大的爱国者、思想家和宗教改革家扬·胡斯被罗马教廷烧死了；他罹难200年后，乔尔丹诺·布鲁诺也被烧死了，先辈们为弘扬真理付出了生命的代价，而我们今天正在享用的文明成果，就是全世界，包括我们中国的无数先烈以不畏斧钺的精神换来的。我到达布拉格时，正好是罗马教廷对扬·胡斯被处以火刑发布道歉声明的15周年纪念日！

旧城广场上的扬·胡斯雕像

　　所以多年来，我一直非常钦佩捷克这个国家的人民，因为他们对近代人类进步事业所做出的贡献，足以使他们有资格屹立于世界优秀国家的行列，从扬·胡斯到托马斯·马萨利克（捷克斯洛伐克共和国之父），从刺杀盖世太保恶魔海德里希的"类人猿行动"到布拉格之春，无不显示了捷克这个国家 1000 万国民的勇气、良知和信念，捷克人民用自身行为向世人展示了他们的国家格言：真理必胜！

知识圣殿

　　在布拉格千年的城市发展史中，鼎盛期是 14 世纪，因为今天我们见到的那些城市地标建筑——查理大桥、圣维特大教堂、卡罗利努姆宫、卡尔斯滕堡等，都是那个时代的产物。这要感谢神圣罗马帝国皇帝查理四世，正是因为这位欧洲最负盛名的"学者型皇帝"以及他的所作所为，才成就了布拉格今日举世瞩目的历史地位。查理四世出生在布拉格，他在位时的帝国首都就是布拉格，所以上述的标志性建筑，都是秉承他的旨意兴建的。

但我认为查理四世的最大功绩是创办了布拉格大学（即查理大学），这所诞生于 1348 年的大学，不但是捷克，也是中东欧的第一所大学。为了让学校在欧洲享有知识圣殿的地位，查理四世曾用重金聘请欧洲各地的著名学者到学校任教（据说该校学生最多时曾达 11 万以上，如此规模，历史上鲜见有匹敌者）。布拉格大学诞生了 4 位诺贝尔奖的获得者，名震天下的师友学友也济济一堂，爱因斯坦、斯特拉、卡夫卡、昆德拉、恩斯特·马赫等等，中国科学院前院长，政治局委员李铁映也曾就读于查理大学物理系。社会的进步使很多人懂得了一个道理，一所大学出了多少个"行政首脑"和"演艺名人"是一种荣耀，但还不是真正值得骄傲的资本，因为大学的办学宗旨，主要是培养科学和真理的探索者，而人们之所以上大学，还因为"大学是一个人们可以在此自由地探索真理、教授真理的地方"（《大学之理念》卡尔·西奥多·雅思贝尔斯著）。

古往今来，这个世界上有过数以万计的国王君主，但亲手创立一所大学，并使它经久不衰的，查理四世之后无

查理大学内扬·胡斯塑像

来者，这样的盖世功勋，也只有"学者型皇帝"才能建立。我觉得查理四世的作为，或与他在巴黎游学时深受他老师皮埃尔·罗杰（即教皇克雷芒六世）的影响有关，因为，克雷芒六世本人就是个非常了不起的学者，所以，无论是他成为教皇前，还是在教皇位上时，始终不渝做的一件事就是奖励和提携有成就的科学家和艺术家。

我们汉民族在教育上很讲究师承，这还是我们引以为自豪的国粹之一，但师承并非汉民族独有，欧洲很多国家也有，但在表现形式上略有差异。

顺便提一下，那位被烧死的思想家扬·胡斯，曾担任过查理大学的校长，奇葩的是，扬·胡斯担纲大任时年仅31岁，这在古今中外的教育史上很少见。

顺便再提一下，捷克斯洛伐克开国三元勋托马斯·马萨利克（首任总统）、爱德华·贝奈斯（首任外交部长，后接替马萨利克任总统）、米兰·什斯特凡尼克（首任国防部部长），都和查理大学有不解之缘，马萨利克是该校教授，后两位是该校的博士毕业生。

捷克总统府前广场上矗立着国父托马斯·马萨利克雕像

最后提一下，查理大学没有重理轻文一说，她的在校学生文理各一半，但有一点让我稍感纳闷，即查理大学的5万多学生中，竟然有60％以上是女生，而男生却不到40％，如此"阴盛阳衰"，比之我国高校目前的状况，岂不是有过之而无不及了吗。

人民都是友好的：旅途速记之一
我们在布拉格借宿的旅店底楼是个咖啡馆，从门口到隔壁超市约十米长的人行道上，撑着一个硕大的凉篷，下面一溜摆着五六张小方桌，这个"违章搭建"从早到晚一直保持着两三成的上座率。

那天下午我们从查理大学回来后，因时间还早，我们就去凉棚下"体验一把欧美人咖啡文化的情调"。

但当服务生递上价目表后，我母亲就有点后悔了，因为一杯咖啡要 3 欧元（2011 年时，欧元与人民币的比值是 1：9 出头），而那时上海普通咖啡馆里一杯咖啡约是 5 元人民币。我母亲勤俭，对我说她不喝咖啡，就要一杯矿泉水，我告诉她矿泉水也是 3 欧元时，我母亲气不顺了，赌气说她什么也不要，并让我问服务生，她就在这坐一会可以吗？

"当然可以。"服务生，一个非常英俊的捷克小伙子，微笑着回了一句转身走了。一会儿他端着两杯咖啡出来，放到桌上，然后轻声对我说："如果你妈妈想喝水，可以到隔壁小超市买一瓶，那里面的便宜。"说完，他还递给我一个空杯子。我听从服务生的建议，去超市买了一瓶水，真的是便宜多了，只有 0.69 欧元。

两天后，我们离开布拉格去柏林，当我拎着行李下楼经过咖啡馆时，又见到了那个服务生，他紧走几步，上来接过我的拉杆箱和我母亲手里的旅行袋，一直把我们送到停在人行道边的出租车旁，然后脸上挂着我们熟悉的微笑说："以后如有机会再来布拉格，欢迎再到我们的咖啡馆来坐坐……"

波兰篇

波兰是一个有着坚定信念的国度，尽管历史上曾三次被强邻瓜分，但却始终保持着民族的独立意志；波兰还是个潇洒浪漫、崇尚科学和艺术的国度，这儿出了不少科学和艺术大家，哥白尼、居里夫人、肖邦、辛波丝卡、密茨凯维支……，为了朝觐心中偶像，我踏上了那块历经无数灾难，但也产生无尽荣耀的土地。

从斯德哥尔摩飞克拉科夫，机票价是52欧元，我如果早两个月订票，则是半价。

克拉科夫

我在键盘上先于华沙敲击克拉科夫，原

因有二：一是这座城市早于华沙成为波兰的首都，而且时间长达 500 多年；二是我去波兰旅行的首选目的地是奥斯维辛，而去奥斯维辛须过境克拉科夫。

打开欧洲史的长卷可以发现，当华沙还是个小市镇时，克拉科夫就已是享誉欧洲的文化和科学中心之一，因为那儿有一所古老的著名学府——雅盖隆大学（1363 年建校）。从历史渊源上来看，今天的华沙大学即脱胎于雅盖隆大学，天文学巨擘哥白尼曾就读于该校的医学院（现任波兰总统安杰伊·杜达是学校法律专业的博士生）。

现在人们都把哥白尼称为天文学家，我觉得这头衔不够全面和精准，因为哥白尼在雅盖隆大学主修的是医学专业，在意大利博洛尼亚大学留学时攻读的是神学和法学，所以他走出校门后主业是医生，兼职是教士。天文学是哥

雅盖隆大学主楼

白尼在意大利留学时，受天文学家诺瓦拉影响而养成的业余爱好，而《日心说》也是他在完成医生和教士的工作后用业余时间完成的。我觉得哥白尼真是厉害，一个人能跨学科掌握这么多的学问，令人很难想象。

资料上说波兰现有 75 所高校，雅盖隆大学则是当之无愧的排头兵，尽管学校在欧美享有盛誉，但在世界大学排行榜上，却始终徘徊在 300——400 名之间（2021QS 世界大学排名 326）。不过，现任校长 Franciszek·Ziejka 教授并不苟同这个排名，他认为雅盖隆大学不仅是欧洲和世界上最古老、最有声望的大学之一，而且在学术研究和教学实践上也不输世界上任何一所大学。当然，Franciszek·Ziejka 校长不是妄自尊大，他有如此底气，主要是基于两点：一是在全球范围内，雅盖隆大学教师平均出版的文献数量最多；二是在这些出版的文献中被引用的数量也最多。

实际上，如果客观公正地量化教学和科研上的成就和能力，欧洲很多大学的实力是很强劲的。我举个例子：德国的哥廷根大学出了 47 位诺贝尔奖的获得者，2013、2014 年还连续获得生理学和化学奖，但它在泰晤士世界高等教育排名中仅列第 70 位（远低于排名第 20 位的清华）。另外像海德堡大学、洪堡大学、慕尼黑工大，柏林大学以及培养出居里夫妇的巴黎大学，诞生了维也纳经济学派和一代心理学宗师弗洛伊德的维也纳大学等，这些学校的科研实力和教学能力，都不在我国的"双一流"大学之下。我这不是长他人志气，而是让国人对真实情况有一个清醒的认知，因为夜郎自大、故步自封不仅贻笑大方，有时还会成为迟滞国家和民族进步的羁绊。

真正知彼知己，是前进的第一步！

克拉科夫是幸运的，二战期间，战火遍及波兰全境，但克拉科夫却免遭涂炭。任何一位旅游者到克拉科夫，没有不去旧城中央广场的，因为在那儿，你可以体验到克拉科夫中世纪的城市生活，虽然遍布广场四周的咖吧、餐馆、商铺等，充满了温馨的现代生活气息，但具有时代建筑风格的纺织会馆、老市政厅、圣玛丽教堂等，都弥漫着中世纪的浓郁风情，让到此观光的游客仿佛有身处那个时代的感觉。

欧洲国家对历史街区的保护起步较早，1933 年诞生的《雅典宪章》，1964 年出台的《威尼斯宪章》，都是保存和保护历史古迹的法定文件。

人民都是友好的：旅途速记之二

我在欧洲旅行第一次借住民宿即在克拉科夫，那种美好的印象至今难忘——民宿主人是个年轻人，他带我们进屋后，先是交代了家电、卫生间、厨房用具等使用方式，随后又拿出一个精致的小木盒给我，说是里面有一些硬币零钱，是为我们急需所备的，比如打公用电话或乘坐公交车什么的。民宿主人的细致入微令人感动！

第 3 天，我们准备离去时，我打电话通知主人来一下（在中国大陆，按规矩旅客退房必须由主人先检查房中设备物品，确认无损坏或遗失方能被允许退房），但主人说他有事，不来了。我再问房屋钥匙交给谁？答曰：就放在桌子

克拉科夫旧城广场一角

上，你们离开时把门带上即可（对租客的信任可见一斑）。

从那以后，我出门旅行，都优先考虑借住民宿，因为借住民宿的优越性远胜于酒店宾馆，特别是像我们这样家庭自由行的更是好处多多，不但自己做饭比在饭馆用餐节省不少开销，而且饭菜口味也得到了保证，在物价指数相对低的东欧，只要自己做饭，那么饮食消费一点也不比上海高。10 年过去了，我在克拉科夫民宿里住过的 3 个晚上，一直留在我的记忆深处。

奥斯维辛

我飞抵克拉科夫，主要是奔奥斯维辛而去。

我曾拜读过美国记者罗森塔尔的《奥斯维辛没什么新

闻》，这篇获普利策新闻奖的报道，在当年被业界誉为"新闻写作中的不朽之篇"，里面有一段文字我至今记忆深刻：这是一个二十多岁的姑娘，长得丰满，可爱，皮肤细白，金发碧眼。她在温和地微笑着，似乎是为着一个美好而又隐秘的梦想而微笑。当时，她在想什么呢？现在她在这堵奥斯维辛集中营遇难者纪念墙上，又在想什么呢？

出于好奇，我要去现场体验一下切身感受。

另外，我想去奥斯维辛实地考察以消除我心存的一点疑问，即国际社会有人曾质疑奥斯维辛的真实性（我在一个材料中看到过这种说法），认为这里面有人造历史的痕迹——但当我站在木制囚房和焚尸炉前时，感觉要制造这样一个弥天大谎难度实在太大，而且就德国人的秉性而言，他们也不大可能让脏水污其身而忍气吞声。

奥斯维辛的规模之巨大超出了我的想象，它的三个营区，奥斯维辛、比克瑙、莫诺维茨，以及一些小型营地和工厂，占地总面积有40平方公里，光是在里面转一圈，没有两三天肯定不行。据当时集中营指挥官鲁道夫·胡斯供认，这座人间地狱一共杀害了300万人之多，但经最后查证，实际被害人数约110万，其中90%是犹太人，还有10%是波兰知识分子、苏军战俘、德国的同性恋者和吉普赛人。

德国法兰克福学派代表人物西奥多·阿多诺曾说了一句惊世骇俗的话：奥斯维辛之后，写诗是残忍的。半个世纪以来，很多人都从各个不同的角度予以诠释，但不管这句话下面有多少注解，有一点则是共识，即阿多诺肯定不

奥斯维辛集中营

是说写诗本身是残忍的，而是无视法西斯独裁政权的邪恶
和暴虐，歌颂虚无美好的自欺欺人是一种残忍。

　　奥斯维辛确实已没什么新闻可写，它的墓碑、囚房、
焚尸炉等等，早已被世人叙述尽了，但我在那儿见到一个
场景却很必要记录下来——那天整个奥斯维辛集中营里
90％的游客是擎着国旗的以色列人，其中一大半是以色列
学生，他们身披国旗，聚集在焚尸炉遗址旁，神情肃穆地
听老师讲解。与师生同行的一位犹太老人告诉我，以色列
的高中生，毕业前夕大都要来奥斯维辛实地上一堂民族苦
难史课。

　　奥斯维辛距离克拉科夫约 60 公里，去那里的巴士很

学生聆听老师讲述二战时犹太人受迫害的往事。一位坐着轮椅来的学生告诉我们，几天前打篮球时不慎小腿骨折，尽管行动很不便，但父母要求他不能缺席这个活动。

多，大多是中巴，票价是 20 波兰盾，但进奥斯维辛集中营参观是免费的。

人民都是友好的：旅途速记之三

时值盛夏，所以参观奥斯维辛集中营的游人很少，除了以色列人，在里面闲逛的中国人，或者说亚洲人大概就我们 3 个。因为酷热难当，所以我们就避在焚尸炉遗址旁的树荫下，观摩那位以色列老师给学生们上课。

旁边的一位犹太老人知道我们来自中国上海时，热情陡增，先是拉着我父母合影留念，接着又给了我们一个电

学生在焚尸炉遗迹旁接受历史传统教育

子邮箱的地址，说是以后如有机会去以色列，希望我们联系他，并欢迎我们到他家做客。那位带队老师见此情景，就走过来给我们介绍说，老人是以色列政府聘请的随行历史顾问，他有好几位家人死于奥斯维辛，还有几位亲属是二战前夕逃到你们上海的难民。

我一下明白了老人如此热情的来由。

德国法西斯迫害犹太人时，曾有3万（一说5万）犹太难民避祸上海。历史档案显示，当时加拿大、澳大利亚、新西兰、南非和印度五国接受的犹太难民总数相加还没上海一地多（二战前上海是开放城市，入境不需要签证）。那位以色列老师还告诉我们，他们国家的历史教科书

以色列犹太老人与我父母合影留念

中，曾有上海救助犹太难民的记载，而且据统计，受到你
们上海庇护的数万难民，今天已有数十万个后人了。

作为一个上海人，在异国他乡被人如此敬重，自豪感
爆棚！

有一次，我们同学间说起二战时犹太难民的事，其中
一位对我说：中国人在特拉维夫或者耶路撒冷大街上向以
色列人问路，他们会不厌其烦地给你指路，如果你说你上海
人，他们会一拍你的肩膀说，走，到我家喝茶去！我知道他
这是幽默，但同时也从一个侧面说明了以色列人民对上海人
民的感恩之情。

上海长阳路上有一座犹太难民纪念馆，1994 年，时任

　　这三位以色列妇女刚去过上海世博会，知道了我曾在上海世博会事务协调局外宣部工作过，非常热情地拉着我们母女合影留念。

　　以色列总理拉宾曾前往参观，并留言"感谢第二次世界大战时上海人民卓越无比的人道主义壮举"。

　　我计划择机去造访一下犹太难民纪念馆。

华沙

　　我曾看过一部波兰影片《华沙一条街》，描写的是二战时华沙犹太居民区起义的故事，影片最后那个镜头印象深刻：一个穿着破旧黑大衣的犹太小男孩，跟着撤退的起义者队伍进了下水道，他站在齐腰深的水中，挥着手与他的

东方欲晓

小伙伴们告别……

华沙是座古城，公元 10 世纪就已有了城市雏形，华沙
又不是古城，因为她只有 70 年的历史——二战中，希特勒
叫嚣"把华沙从地图上抹去"，所以整座城市几乎被战火夷
为平地。现在我们看到的华沙是个"复制品"，只是这个
"复制品"的规模和水平都超越了原版，这要归功于华沙
大学建筑系的师生们。早在战争爆发前，出于对祖国建筑
文化遗产的热爱，华沙大学建筑系的师生就把城市的主要
街区、重要建筑都作了测绘记录。战争爆发时，师生们把
测绘图纸和资料全部藏到山洞里，所以城市虽然被摧毁
了，但图纸资料却被保存下来了。如无此举，华沙是难以
被复制出来的。

但复制华沙的过程也充满了坎坷，因为当时波兰隶属
于苏东集团，所以政府决策层一切唯苏联马首是瞻。苏联
曾提出要建一个按他们设计模式的新华沙，但此举遭到全
体华沙市民的反对，因为他们认为苏联模式不符合民族风
尚。当华沙大学师生向公众展示他们藏匿的老城图纸时，
全体市民马上达成共识：恢复华沙古城原貌！广泛的民意
终于迫使波兰政府顶住了来自苏联老大哥的压力，"复制华
沙"由此而诞生。

华沙的名胜大都在老城，其中最出名的是青铜美人鱼
雕像。虽然形状同为上身裸体下身鱼尾之妙龄女郎，但华
沙美人鱼的造型却有别于欧洲别处的美人鱼，那是一个右
手持剑、左手持盾、昂首挺胸的姑娘，据说创作者卢德维

卡·尼茨霍娃因忧虑祖国命运，所以就塑造了一个保护家园的女英雄形象。1980年，华沙作为特例被列入《世界遗产名录》，（按照常规，世界遗产一般不接受"复制品"），这是华沙市民捍卫民族文化传承的一个胜利。对一个民族来说，文化传承至关紧要，因为这是维系社会族群生生不息的源泉。

华沙青铜美人鱼雕像

老城佛理塔大街16号是居里夫人故居，进去参观要买门票，这令我有点不爽。欧洲国家旅游景点的门票收费制度与中国大陆有差异，自然山水和教堂一般是免门票的，但博物馆、纪念馆却是收费的居多，比如德国特利尔的马克思故居也要买门票进入，但在我们中国，这样类型和内容的纪念馆肯定是被列入"社会主义教育基地"而免费开放的。不过按物价指数的平均水平算，欧洲的景点门票收费比中国略低，居里夫人、马克思等名人故居的门票都只有三四欧元。我去参观法国卢浮宫的那一年，特地留意了一下门票价格，成人价8.5欧元，参观拿破仑展厅额外再加9.5欧元。

居里夫人故居

保加利亚篇

我 3 次环欧旅行，大都选择搭乘廉价航空，最便宜的就是这次从法兰克福飞到索菲亚，往返机票价仅为 22 欧元，以当年的比值算（2016 年），折合人民币 140 元不到，而两地的直线距离超过 1000 公里。

很多人说在欧洲乘火车旅行很惬意（我自己也乘过上百次火车），但这话说对一半，因为，如果从经济角度核算，那性价比差距就大了，一般情况下，火车票要比廉价航空机票贵很多。我有一次从法兰克福乘火车到米兰，火车票价是 79 欧元（两地相距650 公里左右），而我从法兰克福飞到那不勒斯的机票价仅为 39 欧元（两地相距近 1500公里）。所以，我们做事不能人云亦云，一切都要因地制宜和因"钱"而异。

索菲亚

在我游览过的欧洲首都城市中，索菲亚的绿化水平能名列三甲之中，180 平方公里的城市面积就像是一个大花园，街道、广场、住宅、学校、厂矿企业、政府机构办公楼等都被浓密繁茂的花木遮盖着，大多数的马路两旁排列着高大的菩提树和法国梧桐，家家户户的门前窗下，房前屋后都栽种着红玫瑰、郁金香、石竹等。

《新概念英语》里的有一篇课文，内容是一个居民住宅小区隔三岔五举办家庭园艺比赛。欧洲国家的人民有讲究环境优美的社会传统，他们不会因为国家体制相异或宗教信仰不同而背弃自己的日常生活习惯，这是我在欧洲生活了 6 年感触很深的一点。他山之石，可以攻玉，我希望今后我们上海有条件的居民小区能有所借鉴，不要把室内装饰得富丽堂皇，而视外部环境如敝屣。

索菲亚早先的名字叫"塞尔迪卡"或"斯雷德茨"什么的，一直到 14 世纪才正式被命名为索菲亚，而真正成为独立的保加利亚首都是 1908 年。

在我父辈这一代中国人的心目中，保加利亚具有世界性影响力的名人大概就是一个季米特洛夫，当年他在莱比锡法庭上《控诉法西斯》的演说在中国大陆风行一时。可惜时过境迁，今天不要说我们中国人，就是保加利亚人自己也把这位前共产国际的领袖人物之一，周恩来总理曾经

原保加利亚共产党中央大厦

　　的老师逼仄到一个历史的小角落里去了——我们四处寻找季米特洛夫的墓地，问考古博物馆的门卫、问巡警、问商店营业员，三问三不知，最后总算是路上的一位老者为我们指点迷津，原来季米特洛夫的陵墓早已被夷为平地，而且是一点痕迹也没有，留下的是一块铺着黄沙，二三十平方的空地。

　　老者告诉我们，保加利亚共产党在 1990 年时决定拆除季米特洛夫墓，但拆除工程难度超大，因为季氏之陵实在太坚固，所以连续两次爆破都没成功，当时连周围建筑物上的窗玻璃都被震碎了，陵墓仍完好无损。虽时过境迁，但并不是保加利亚举国上下都抛弃了这位原共产国际领

悼念

袖，我亲眼看到在他墓地不远处的一尊雕塑下，有人放了一幅季米特洛夫的照片……

季米特洛夫墓地对面是原保加利亚皇宫，现在已被辟为国家艺术馆，左侧是总统府，不远处是索菲亚女神雕像（原址上本来矗立的是列宁），雕像下就是著名的古代色迪卡城露天博物馆（考古遗址，里面展示有古罗马时期的文物），我去时刚开放半年不到。当然，索菲亚名气最大的景点，是坐落在市中心的亚历山大·涅夫斯基大教堂，它是巴尔干半岛第二大东正教教堂，这是保加利亚为了感谢俄罗斯帮助他们国家摆脱奥斯曼帝国的统治而建，所以教堂以俄罗斯沙皇亚历山大二世的名字命名。保加利亚历史上与俄罗斯的关系较好，在苏东集团中，她是前苏联的铁杆粉丝。

索菲亚有两大特点，一是全城极少见黑人和阿拉伯人，这在欧洲国家的首都城市中很少见；二是物价超级低，超市里的食品大都是德国同类货物的半价。我们租的民宿，是我在欧美国家旅行中住过的最大、最舒适、装潢最高档的一套民宿，两晚89欧元。我看到一个新建住宅小区的房屋出售挂牌价为每平方米800欧元，按当年比值算，

亚历山大·涅夫斯基大教堂

相当人民币 5500 元左右。与我们一块去里拉修道院的几位澳大利亚游客也说，索菲亚的物价之低确是超乎意料。

人民都是友好的：旅途速记之四

我们从机场出来后，在公交车站的站牌下寻找目的地站点，一位小伙子主动上前来问我们去哪儿？我随口告诉他借住的民宿方位（离亚历山大·涅夫斯基教堂不远），小伙子接口说他可以带我们前往。一个素不相识的陌生人如此热情，令我们心生疑窦，因机场距市中心较远，公交巴士要开近一小时。我问他，你也去那儿？他说不是。看到我们面露狐疑之色，他马上解释道，我怕你们乘公交车不熟悉路，所以想帮助你们。

这样的人，这样的事，令我们有点难以置信。

这时旁边有位与我们乘同一航班来的华人老太太，凑过来神神秘秘地告诫我们要小心，因为索菲亚骗子很多。被她这么一吓唬，我们更有点紧张了，但一时又不能拒绝小伙子的热情，所以我只好对父母说：我们自己掌控过程，见机行事吧。

后来发生的事情让我们既感动又内疚——公交车到站后，那小伙子把我们一直带到亚历山大·涅夫斯基大教堂旁，随后憨厚地笑了笑说，你们借宿的地方就在附近，祝你们旅行愉快！我们连声"谢谢"都还没说，小伙子已转身往回走了。这让我们自责不已，这么好心肠的年轻人，我们竟然还有点相信那华人老太太之言，实在是太不应该了。

我们在索菲亚租借的民宿里，倍感"人民都是友好的"那种温馨——民宿女主人不但给我们详细介绍家用器物，还在冰箱里准备了牛奶、水果、糕点等，食用调料、饮用净水也一应俱全，她临走时告诉我，在索菲亚游玩时如遇到什么麻烦事，就打电话告知她，她可以尽力帮助我们。

里拉修道院

保加利亚有句俗语：如果你不到里拉修道院，那就等于没到过保加利亚。这话虽不无言过其实，但在某种意义上也凸显了里拉修道院在保加利亚的地位。

如果说亚历山大·涅夫斯基大教堂是索菲亚的城市地标，那么里拉修道院就是保加利亚的国家地标，它不但是保加利亚的国家历史象征，也是一个民族抗拒外族奴役和奴化的精神堡垒。在里拉修道院问世的近千年历史中曾几度兴废，特别是奥斯曼帝国统治保加利亚时，里拉修道院三次被焚毁，但每次都被保加利亚国民重建。

　　里拉修道院一度是保加利亚宗教、艺术和教育中心，整片建筑很像一座中世纪的城堡，坐落在山间一条小溪上，气势宏大、布局严谨、风格别致，里面总共有 11 座教堂和 20 座住宅楼。工作人员介绍说，里拉修道院全盛时期有修道士近万人，但现在只有十几人。我对他的说法表示怀疑，因为尽管修道院很大，但怎么也容不下万人的吃喝拉撒，而且又地处交通极其不便的山坳里，我觉得即便能安置下一半人也已超标了。

里拉修道院一角

如今的里拉修道院不仅是保加利亚国家级的旅游区，同时还是国家博物馆，说明书上介绍院藏极其丰富，保加利亚的第一架地球仪、盲僧拉法尔的十字架、历代主教权杖、织锦法衣、古代皇室器物、朝圣妇女捐赠的银带扣、修道院卫士用的各种武器以及大量的手工艺品等，总共有600多件。修道院的墙上有很多壁画，都是各个时代的大师和名家作品，画的内容多取材于西方的宗教故事，我对此所知甚少，所以是观其然而不知其所以然。

拜访里拉修道院时有件事令我甚感不解，作为国家第一地标旅游景点竟然是免费开放的（要是在中国大陆，这样级别的景点门票价至少百元），而在回索菲亚的路上有一鲍亚纳教堂，虽然也是世界文化遗产，但规模很小（只是一座三四十平方的房子），却要收5欧元门票，这不是有点舍大求小、轻重不分吗？同行的澳大利亚游客告诉我，这是因为鲍亚纳教堂的历史人文价值要远高于里拉修道院。我们去参观鲍亚纳教堂时，正好是它开放10周年的纪念日，之前为了修缮整理，已关闭半个多世纪了。

我们很幸运。

网上有驴友说从索菲亚到里拉修道院的路程是60公里，这是信口雌黄，我们在亚历山大·涅夫斯基教堂旁搭乘旅游中巴，差不多近2小时才到达目的地，其中有一段时间还是在高速公路上行驶，这怎么可能只有60公里呢？我估计网上驴友说的是直线距离，而不是行车路线的距离。

鲍亚纳教堂，建于公元 10 世纪，世界首批 57 项文化和自然遗产保护项目之一，里面也有一幅名为《最后的晚餐》壁画，但作者是谁已无从考证。

　　所以，网上很多讯息不能偏看偏信，亲力亲为方有发言权。

　　在欧罗巴大家庭中，如果就自然资源条件而论，东欧是富家子弟，而北欧、西欧则是寒门庶出，因为东欧光是在农业和采矿业上所拥有的财富，就足以睥睨相邻四方。但是上苍安排不尽合人意，今天，在社会经济发展水平和国民生活幸福指数等多项指标上，富家子弟和寒门庶出状况颠倒，西欧、北欧各国的人均 GDP 一般都在 4 万美元以上，而东欧地区则是一半也不到。据国际货币基金组织统

索菲亚的城市交通警岗亭
还在使用，但在中国已绝迹了。

计公示，2021 年东欧人均 GDP 仅为 12855 美元，最高的斯洛文尼亚接近 3 万，而乌克兰、白俄罗斯、摩尔多瓦等国只有 5 千美元左右（比我国差一半多）。东欧坐拥金矿却深陷困顿，既有繁杂的历史瓜葛，也有众多的现实原因，非三言两语所能说清。

但就像拥有富饶的自然资源一样，东欧地区的旅游资源亦属丰厚，无论是山水名胜还是人文历史遍布大城小镇，城乡旅游设施也相对完善，食、住、行，大体上方便安全，更重要的一点是，东欧国家全民受教育程度较高，所以他们一般都能理解并遵循"游客是上帝"的商业法则，就像克拉科夫那个民宿主人说的，没有你们的光临，我们就要缺衣少食了。他的话很朴素，也不无客套，但在很大程度上却是一种现实反映。

我的亲朋中很多人去过东欧，他们大都认为东欧国家民风朴实，待客之道热情友好，所以，旅游环境在整体上是达标的。

西域晚红

　　中国人通常理解的西方国家有两重涵义：一个是广义上的，或者说具有地缘政治意义的西方，这些国家大都是欧盟或北约的成员国；另一个是狭义上的，即纯粹地理意义上的西欧，它们是英国、爱尔兰、荷兰、比利时、卢森堡、法国，以及袖珍国摩纳哥，英、爱两国悬于海上，所以陆地上的西欧是荷、比、卢、法、摩5国。

　　我去过西欧好几次，但全天候游山玩水的旅行却只有一次，当时我和前来探亲的父母从德国科隆乘长途大巴出发，先是到了阿姆斯特丹，随后一路下去，布鲁塞尔、卢森堡、最后到达巴黎，以后因会议和访友等多次去过西欧，但都没有像这次那样轻松惬意，因为游山玩水的心情是了无牵挂的。

　　曾有人对我说，西欧没落了，我知道持这观点的人，他们的参照系是北美，但现实情况是，如果以单个国家

塞纳河风光

论，地理概念上的西欧 7 国，无论是人均 GDP，还是人均
国民收入，以及国家的软实力，都处于全球的塔尖地位，
其中卢森堡还是世界上唯一一个人均 GDP 超过 10 万美元
的国家（紧随其后的是爱尔兰和瑞士）。在联合国相关机构
和世界银行公布的经济发展榜单上，西欧各国大都名列前
茅。所以作比较，最重要的是界定一个客观、合理、科学
的参照系，人云亦云和凭空臆断，难免会以讹传讹和失之
偏颇。

　　另外，以我个人的理解，西欧即便真的像有些人说的
那样"没落"了，我也觉得也是一种"晚红尚满天"式的
悲壮美！

　　西欧的现代旅游业起步较早，具有大众意义上的旅游
活动，已有近 300 年的历史，所以整体上的旅游环境已相

风车是荷兰的国家商标

当成熟。西欧国家交通便利，基础设施完备，酒店商场等服务业发达，所以旅游接待能力超强，而且西欧旅游资源之丰富举世皆知，不但人文历史源远流长，享有盛名的景点也数以千计，其内容虽万言亦不能叙尽，在此，我只能凭个人兴趣在键盘上敲击几个点——巴黎圣母院、梵高美术馆、天鹅咖啡馆……

法国篇

我在出发去西欧前，法国同学向我炫耀说：巴黎具有国际声誉的景点不下百个，你即便住两个月也不可能一一打卡，但十大地标景点你最好要光顾。我问他哪十大地标景点？他扳着手指如数家珍：凡尔赛宫、卢浮宫、埃菲尔铁塔、巴黎圣母院、凯旋门、协和广场、香榭丽舍大街、塞纳河、巴黎歌剧院、拉雪兹公墓。

法国人生性浪漫，平时在言行上有一点点夸张，所以我不知他说的这些地标景点是否得到业内专家权威的认可？但我在巴黎期间，还是遵循他的指示按图索骥，除了拉雪兹公墓，另外九大地标景点我都去拜会了，但在此我只记录巴黎圣母院——因为艾斯美拉达，因为卡西莫多，因为雨果，因为文化法兰西！

　　中国大陆游客参团赴巴黎，碍于时间、行程等掣肘，都只是在凡尔赛宫、香榭丽大街等几处蜻蜓点水一下完事。我从卢浮宫出来后碰到一位江苏南京的大姐，她向我抱怨说她在门外排队等候的时间，差不多与在里面参观的时间等量齐观，而最遗憾的是，她的团队行程中没有她很想去的巴黎圣母院。我问她为什么很想去巴黎圣母院？她说以前看过影片，现在既然来了，就想见识一下真容。我告诉她我在巴黎只停留3天，所以也只能是走马观花，但昨天在巴黎圣母院却是很大度地耗了一个下午。她问我为何要花那么多时间？我戏言：因为在与一个伟人对话。

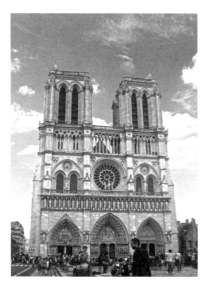

2011年的巴黎圣母院

　　我偏好巴黎圣母院，当然是因为厚爱雨果的《巴黎圣母院》。小说我只看过一遍，还是在上初中时，但电影却是多次浏览，我前后总共看过三个版本《巴黎圣母院》，出于个人喜好或是先入为主的缘故，我最喜欢的是1956年法国和意大利合拍的，由意大利超级女星吉娜·劳洛勃丽吉达主演的那个版本，因为那是我首次在银幕上仰视"艾丝美拉达",而这之前仅是在小说中欣赏。囿于个人兴趣所在,我比较认可和喜欢忠实于原著的作品,那些胡编乱造的"戏说""外传"什么的,我都不以为然,所以我始终认定吉娜·劳洛勃丽吉达主演的《巴黎圣母院》最具艺术震撼力,也最有情感魅力。

世事变幻、朝代更替、经典艺术永恒!

巴黎圣母院不仅是早期哥特式建筑和雕刻艺术的代表,而且在欧洲建筑史上开一代之先河——自1163年动土后,哥特式建筑在欧洲蔚然成风。而此前的欧洲教堂,其外形多为拱顶、圆柱、厚墙、虽稳重但略显笨拙,而且内部空间低而阴暗,置身其间身心甚感压抑。哥特式建筑横空出世后,使教堂在整体上大有改观,不但内部空间升高,光线充足,外部亦高峻挺拔,直冲云霄的塔顶,给人一种精神向上的感觉。史载巴黎圣母院建造期耗时长达182年,因整体建筑物全部采用石材,所以雨果在小说中誉称它为"石头交响乐"。

中国大陆的历史教科书,对1789年的法国大革命基本给予正面评价,但随着时间的推移和一些历史材料的公诸于世,大革命时期对文化遗产带来的摧残也为世人多有诉责,其中最典型的就是巴黎圣母院所遭受的浩劫为人民所不容——教堂里的大部分财物被掠夺,很多精美绝伦的人物雕像被"斩首"或"截肢",有一段时间,教堂还被用作存放酒的仓库。虽然拿破仑上台后遏制了这种疯狂行为,但此时的巴黎圣母院已是破败不堪,面目全非了。

我们应该感谢维克多·雨果,因为他在小说中对巴黎

巴黎圣母院的窗花

圣母院充满诗意的描绘，激发了法国人民要求恢复这座旷世杰作的强烈愿望。在社会热心人士的操持下，法兰西朝野人士纷纷慷慨解囊，历经数十年的积聚，"石头交响曲"终于再次奏响。1845 年，法国政府拨款 500 万法郎，由当时的著名建筑师领衔，开始全面整修巴黎圣母院。法国同学告诉我，今天我们见到的巴黎圣母院，外形基本上保持了建造初期的原状，但内部有一些元素有所改变，这是源自设计师的创意。

巴黎圣母院可谓是命运多舛，两年前，正在维修的巴黎圣母院遭遇火灾，等到大火熄灭时，已有三分之二的屋顶被烧毁，标志性的尖顶也倒塌，当时业内专家认为修复工作将长达 10 年以上，耗资至少 10 亿美元。但马克龙总统倒是信心满满，他表示到 2024 年，也就是举办巴黎奥运时，将修复并重新开放巴黎圣母院。2019 年 11 月，中法两国签署合作文件，中国专家将参与巴黎圣母院的修复工作。作为中国人，我觉得很有面子，如果有可能，我希望能在 2024 年造访巴黎，因为我很想亲眼见证一下在巴黎圣母院的修复工作中，我们中国专家留下的业绩，但愿好梦成真！

巴黎圣母院问世已逾千载，奇闻轶事汗牛充栋，但最新的一个桥段是法国同学告诉我的：1944 年 8 月，戴高乐将军率领"自由法国"军队攻入巴黎，他是虔诚的天主教徒，进城后即刻前往巴黎圣母院做弥撒。当时教堂钟楼上隐藏着一名德国狙击手，他被戴高乐将军的风度和人格魅力所震慑，所以不仅终止了狙杀戴高乐将军的行动，而且走下钟楼缴械投降。我个人认为这名德国狙击手的行为，在某种意义上改写了法兰西的现代史。

铁塔夕照

巴黎，是一卷历史长帙，翻阅她、读通她、非一日之功，就像中国的北京、西安等古都一样，巴黎也蕴含着永远叙述不尽的故事。

人民都是友好的：旅途速记之五

我们在卢浮宫外排队等候入场，有人从身后拍了拍我的肩，回头一看，是位外国小伙子，我有点诧异，问他有什么事？小伙子笑了笑没言语，用手指了指我的挎包，示意我把包的拉链拉上。我赶紧向小伙子致谢，并随口问了一句：巴黎的治安状况不太好是不是？小伙子回答说别的地方还可以，但旅游景点不行，像卢浮宫、凡尔赛宫等，在场人员复杂，所以要谨慎一点，因为已发生了好几起中国游客财物被窃的事。

我和他进一步交谈后得知，小伙子都是图卢兹人，就读于巴黎凡尔赛美术学院，这学生不但热情而且善聊，他告诉我最近几年巴黎、罗马、雅典等城市时有扒窃案发生，受害者以中国游客居多，原因之一是中国游客带现金太多，而像你这样，挎包的拉链没拉好，这就让窃贼有了更多的可乘之机。

我问小伙子为什么巴黎、罗马等会出现这么多扒手？

小伙子回答说，实际上这些城市本地居民中的"三只手"很少，主要是来自北非、中东等地的难民和移民，因为这些族群在异国他乡人地生疏，生活一时没着落，所以就动歪脑筋了。

荷兰篇

近几年欧洲，特别是西欧，很多城市安全形势令人担忧，每年总发生大大小小数十起恐袭事件，但阿姆斯特丹却是个例外，她像世外桃源一样安然无事。在经济学人智库《2017 年全球城市安全指数》的调查报告中，阿姆斯特丹的安全指数名列欧洲榜首，世界排名第六（前五名是东京、新加坡、大阪、多伦多、墨尔本）。

我选择阿姆斯特丹作为西欧之旅的首发站不是因为安全，也不是因为风车、木屐和郁金香，而是文森特·威廉·梵高！

实际上我对绘画，不管是西方油彩还是东方水墨都知之不多，对后印象派更是生疏，之所以慕名前往，那是因为一桩历史公案令我感兴趣——1987 年，日本安田公司以 58.2 亿日元拍得了梵高的《向日葵》，这在当时创下了国际艺术品拍卖的最高纪录，但是很遗憾，拍品最终被认定为是赝品！梵高的《向日葵》一共有 3 幅，其中第一幅为梵高原创，第二幅是他为了送给老朋友、法国人高更而临摹的，不管怎么说，因两幅均出自梵高之手，所以也就没有了高低贵贱之分。但安田公司拍得的《向日葵》却并非梵高所作，而是高更一位朋友的临摹作品，当年梵高将临摹的《向日葵》送给高更后，高更曾将此画交给他的朋友保管，后者大概出于学习和敬佩的动机，就临摹了一幅，而安田公司买下的正是这"第三者"。

不过有一点为业内人士所公认，即在画技上真、赝两品伯仲之间。

阿姆斯特丹建城史约 800 年，12 世纪末她只是一个小渔村，后来因航海贸易的兴起才发展为一座城市。到了"荷兰黄金时代"，阿姆斯特丹有了长足的进步，今天她不但是荷兰首都，还是欧洲第四大空港（前三分别是伦敦、巴黎、法兰克福），许多荷兰的大型企业和银行总部都驻扎在于此，比如已有 155 年历史、世界 500 强排名第 27 的 ING 集团，以及在中国大陆家喻户晓的喜力、飞利浦、毕马威等品牌都在阿姆斯特丹。

阿姆斯特丹虽贵为国都，可中央政府、最高法院、外国使馆，以及女王的居住和办公地却都在海牙，这让一些缺乏地理常识的中国大陆游客产生不小的误解，我一路上

在梵高美术馆前闭目沉思三幅真假《向日葵》……

碰到好几个跟团游的大叔大妈，硬是"直把杭州作汴州"，因为在他们的理解中，国家领导人的居住地和政府所在地怎么会不是首都呢？

阿姆斯特丹被世人誉为"北方威尼斯"，虽然城市面积是威尼斯的一半，但各具特色的桥却是威尼斯的一倍多，有1000多座（威尼斯是400多座），为时间所限，我只在20多座桥上留下了自己的足迹。

人民都是友好的：旅途速记之六

我们沿着河岸溜达时，在路边咖啡馆见到一人，脑袋左边刺着一个"GOST"（鬼）字，我无意中脱口而出，他听

荷兰木屐款式艳丽，但价格不菲，所以我只看不买。

到后即上来与我们攀谈。"鬼"自我介绍说他是民间裸体舞表演艺术家，还是个同性恋者，他说这些时如此坦率，真是令人不可思议。他以为我们是日本人，大概是为了示好，所以对我说过几天将在脑袋右边再刺一个日本字"鬼"。我当即向他更正道：虽然日语里面也有"鬼"字，但引用之汉语，而且我们也不是日本人，是中国人！

这民间裸体舞表演艺术家有川剧变脸功夫，为了和我们套近乎，立马伸出大拇指对我父亲说：我喜欢中国，中国人很友善，我有机会要去中国演出，到时候请你们一家前来捧场。

在西方人眼中，东北亚地区的中国人，日本人、韩国

民间裸体舞表演艺术家与我父母合影

人都一个样，就像我们看欧洲的法国人、德国人、英国人也差不多，但你在欧洲生活久了就会发现，他们还是有差异的，特别是北欧人和南欧人，差别近乎中国人和越南人。

比利时篇

1830 年，尼德兰王国分裂成荷兰与比利时两个国家，当时布鲁塞尔被定为比利时首都。

就建城史来说，布鲁塞尔比阿姆斯特丹年长，公元 979 年，查理公爵选择森纳河的圣热里岛为定居点，并在岛上大兴土木，筑要塞，建码头，修豪宅，初步形成了布鲁塞尔的城市雏形，当时城市被命名为"布鲁奥克塞拉"，条顿语的意思是"沼泽上的住所"。

现在的布鲁塞尔已见不到沼泽地了，这个号称"欧洲首都"的城市，有包括欧盟、北约在内共 700 多个国际机构和组织，以及 100 多个外交使团常年盘踞于此。据最新统计，在布鲁塞尔 110 万城市人口中有 30 万以上是外籍居民，所以，从城市人口结构和社会生活形态上看，布鲁塞尔是名副其实的国际都市。

但令人奇怪的是，尽管布鲁塞尔的国际化程度堪称欧洲第一，但英语却不是社会通用语，法语才是社会主流用语，而更令我困惑的是，当地居民似乎对英语还有一点排斥心理——那天，我在布鲁塞尔的小巷里闲逛，碰到一位因内急而四处寻找公厕的中国女性游客，因语言不通而无着落，见到我立马上前来求助。我带她到一家小餐馆向店主请求"援助"，但那店主竟然听不懂英语，我即刻换法语，他面露悦色应允了。出门后，我对那女游客说店主使坏，假装听不懂英语，因为这么简单的话听不懂，那还开什么餐馆？我初始觉得这或是个例，不具代表性，但我的法国同学告诉我，这不是个别现象，而是法语地区的一种通病，因为你们是亚洲人，那店主还算是有耐心的，如果是欧美人用英语"求救"，那有可能会遭遇一副冷面孔了。

我觉得这是一种狭隘民族主义的表现。我知道在十九世纪时，法语在欧洲社会是优越、文明和身份的象征，贵族们都以说法语为荣，但时至今日还抱残守缺，这就很不合时宜了。

布鲁塞尔以中央大街为界，分为上城和下城：前者是王宫、议会、政府机关和王公贵族的住宅区，很多博物馆、美术馆和旅游景点也在这一片；后者是繁华的商业区，也是普通市民的生活区，但布鲁塞尔大广场、欧盟总部和市政厅等也在下城。因为大广场是游客必达的地标景

1958 年布鲁塞尔世博会的标志——原子球

点，所以每日人群熙攘，热闹非凡。布鲁塞尔大广场被雨果称之为"欧洲最美广场"，周围矗立着的全是哥特式建筑，其中最著名的是市政厅，史料上介绍市政厅左右两楼分别建于 1402 年和 1455 年，虽然距今已有 600 年的历史，但整个建筑物仍很结实，看样子维护保养功夫很到位。市政厅的走廊里挂着很多君主肖像，有比利时本国的，也有西班牙、荷兰和法国的（据说他们曾经是布鲁塞尔的统治者），这些人物中，我只认识一个拿破仑。

对我们中国大陆游客来说，市政厅大广场建筑物中最值得一顾的是天鹅咖啡馆，因为这里面孕育了影响人类历史进程的旷世杰作——《共产党宣言》。1845 年 2 月，马克思由巴黎迁居布鲁塞尔，同年 4 月，恩格斯也来到这里和马克思相会，两人在天鹅咖啡馆中推出了《共产党宣言》，同时还创建了共产主义通讯委员会和德意志工人协会（所以我认为共产主义的发源地应该是天鹅咖啡馆）。今天，《共产党宣言》中的"无产者在这个革命中失去的只是锁链，他们获得的将是整个世界”，已成为全世界无产阶级的一句最响亮的革命口号。

天鹅咖啡馆第4层右侧刻着"1698"，显示了大楼的建造年份，咖啡馆的门面不大，但内饰金碧辉煌，而且不失格调典雅，门左边有一张据说是马克思当年常坐的椅子，那时他和恩格斯都不到而立之年，两个意气风发的年轻人就是在这个咖啡馆里告诉全世界"共产党人不屑于隐瞒自己的观点和意图"！据悉，马克思还在天鹅咖啡馆内写出了《哲学的贫困》等著作，雨果的《悲惨世界》也诞生于此，天鹅咖啡馆承载的文化底蕴堪称丰富。

我很欣赏一些欧洲国家的心胸和气度，虽然信仰不同，

天鹅咖啡馆

文化背景不同，但他们能用历史唯物主义的眼光去认识客观存在的事物。我在德国特里尔参观马克思故居时，亲眼看到马克思的大幅头像印在城市旅游观光车上。特利尔的一位市民对我说，马克思是我们这座城市的大名人，我知道马克思在中国的地位，他是你们国家的革命导师。我有一次在牛津大学曼斯菲尔德学院参加国际学术会议，学院的老师告知我，早先时候为方便不同国籍的学生阅读，所以牛津大学图书馆搜集有好几个语言版本的《资本论》。据统计，截至 20 世纪 80 年代，《资本论》《共产党宣言》在全世界已用几十种语言、140 种版本发行了几千万册，用曼斯菲尔德学院老师的话来说，这些著作都是对世界产生重大影响的历史文献，理应得到全世界的重视。

海纳百川，有容乃大，语言很朴素，道理也很容易理解，但要在现实中践行有一定难度。

卢森堡篇

在联合国公布的世界各国人均 GDP、人均收入的排名中，卢森堡已连续几年独占鳌头了，这个弹丸小国还是全球唯一一个人均 GDP（而且还是没有任何水分的优质 GDP）超过 10 万美元的国家。

卢森堡国土面积约上海的三分之一多一点，大概相当于两个浦东新区，但在这袖珍国中却矗立着一个世界上最强大的钢铁巨人——阿塞洛尔—米塔尔集团，它是顶级优质钢的代名词。当我踏上那块土地后，还得知了一个更令我咋舌的信息，这个只有 58 万国民的国家中竟然有 7 个政党，但最大的基督教社会党也只有 10000 人左右，人数最少的共产党是 430 人，每隔一段时间，这 7 个

横卧在佩特罗斯大峡谷之上的阿道夫大桥

政党还像模像样、中规中矩地角逐政府领导权。

　　现任卢森堡大公亨利对华很友好，当他位列储君时就多次出访中国，2008年出席北京奥运会的开幕式，2010年莅临上海参加世博会卢森堡国家馆日的活动，我当时正好在世博局外宣部工作，曾有幸参与了接待他的一些外事活动。

　　卢森堡国家地处要冲，历史上，特别是冷兵器时代，一直是西欧最重要的军事要塞，有"北方直布罗陀"之称，她的首都卢森堡市曾有过3道城墙、几十座城堡、23公里长的地道和很多暗堡，而整个国家城堡遍布，所以又有"千堡之国"的名号，只是现在这些建筑物的功能已转化，光顾者也不是两军对垒的士兵，而是来自世界各国的成千上万游客了。

虽然今日卢森堡的战略地位随着时代的变化已降至为零，但她的国际地位却是如日中天，欧洲法院、欧洲投资银行、欧洲金融基金会等政商两界的"大佬"都在此安营扎寨。卢森堡虽然早在1867年时就被确立为中立国，但因为战略地位实在太重

建于17世纪的圣母教堂

要，所以在两次世界大战中都不能幸免，鉴于此，卢森堡成了首批进入北约的国家之一。

我对卢森堡这个国家有好感，准确地说，是对这个国家的一个不到500人的小镇申根很有好感。1985年，德国、法国、比利时、荷兰、卢森堡5国在申根签署了一个协定，它的主要内容是：成员国中的公民可以任意出入签约国而不需要办理签证手续。而外籍人士只要取得了成员国中一个国家的签证，便可在签证有效期内自由出入各成员国国境（今天申根国家已扩充至26个）。

在我的理解中，《申根协定》是世界上最伟大之一的公约，因为，它不但在一定区域内拆掉了地缘政治的藩篱，更重要的是，它之于我这样的旅行者不知省去了多少麻烦

和金钱。我能在欧洲 30 多个国家自由自在地畅行，全仰仗申根签证给予的方便，（有的虽不是申根国家，但有申根签证也可进入并滞留一段时间，比如克罗地亚、黑山、保加利亚、罗马尼亚，包括阿尔巴尼亚和科索沃等），所以我对"申根协定"充满了感激之情！不知到欧洲去旅游，特别是自由行的国人有没有与我同样的感受？

可惜，因受时间所限，我没能前往拜会申根小镇。

欧洲申根国家、欧盟国家、欧元区国家，是三个完全不同的地区概念，中国大陆有些游客搞不清楚这三者之间的关系，我在旅途中碰到有同胞闹出一些令人啼笑皆非的笑话。

奥地利篇

从地理位置上来说，奥地利位于欧洲中部，但几百年来，这个国家在政治、经济和文化上都和西欧紧密相连，所以人们习惯上把她视为西方国家。

在奥地利，包括她周边的德国、匈牙利、波兰、捷克、斯洛伐克等，音乐，是人们日常生活中不可或缺的组成部分。两个世纪以来，这块土地上孕育了一大批世界上最优秀的音乐家——巴赫、莫扎特，贝多芬、舒曼、海顿、肖邦、舒伯特、勃拉姆斯、德沃夏克……，所以我个人认为，出国深造音乐，最好还是去中东欧，而德国和奥地利则是第一选择，因为从专业角度上来说，那儿的社会音乐环境之优越非世界其他地区所能争锋。我在美因茨大学读博时曾结交了好几位世界各国前来深造音乐的留学生，他们和我看法一致。

奥地利我去过两次，第一次去了维也纳和因斯布鲁克，第二次到了萨尔茨堡。

音乐王国

维也纳执世界乐坛之牛耳举世公认，200多年来，这座城市不但在古典主义音乐上的掌门地位岿然不动，而且还云集了世界上所有的顶级音乐大师。在维也纳的公园、广场、大街和礼堂中，随处可见那些万古流芳的乐坛伟人塑像。我最喜欢，也是最受游客欢迎的维也纳城市公园内，不仅有闻名于世的"金色施特劳斯"，而且从复活节到十月末的半年时间中，时常有免费的音乐会供市民和游客欣赏，其间还有专业舞蹈演员示范最标准的华尔兹舞。

我在维也纳逛了3天，其中有大半天时间消磨在城市公园里。

很多中国大陆民众，都把演出新年音乐会的金色大厅视为音乐王国中的圣殿，这是媒体宣传的不当，对于奥地利和国际音乐界来说，维也纳的国家歌剧院才享有音乐圣殿的殊荣，因为现代最著名的作曲家、指挥家、演奏家、歌唱家和舞蹈家，都以能在此剧院演出为荣。

维也纳国家歌剧院自问世以来的150年时间里，一直坚守着三项传统：一是聘用世界顶级的，德高望重的音乐大师担纲剧院经理；二是每年三百场的演出，节目没有重复的；三是不准上演所谓的"新秀作品"或处女作，只有那些最负盛名的传世经典才能荣登这大雅之堂。虽说这三项传统有墨守成规之嫌，但也正是这三项传统使这座真正的音乐圣殿赢得了举世无双的国际声望。值得一提的是，即便是在法西斯主义猖獗时期，纳粹当局也因顾忌她在音乐领域内的神圣地位，破例规定剧院的艺术家可免除服兵役的义务。

　　金色大厅在世界音乐界也很有地位，但还没荣膺"音乐圣殿"称号的资本和资格，我们不能因为有几个国内的歌唱演员买场子在里面唱歌，就人为地无限拔高，给金色大厅套上"音乐王冠上的明珠""音乐王国的圣殿"之类的桂冠（我多次见到一些国内媒体上出现此类谄词）。再者，我国的几个歌手去金色大厅演出纯粹是商业操作，至于在艺术上的价值则是另当别论，真正的高端艺术，虽然也有商业价值，但终究不是金钱所能左右的。金色大厅的一位工作人员告诉我，租用一个厅，费用视时间长短约 3 到 4 万欧元不

金色大厅

等。我不无戏言地问她： 那每年的维也纳新年音乐会是不是也要付费？那当然不用出钱！她斩钉截铁地回答道。但她马上意识到我在开玩笑，接着补充道： 商业社会嘛，有的演出明码标价也是合理的。她的话很坦率，也很实在。当然，我说这些不是褒李贬桃，只是想给普罗大众一个提示，对世界上的一些人和事，既不必妄自菲薄，也不要无限拔高。

维也纳不仅出音乐巨擘，而且在多门学科上亦不乏世界级的领军人物，精神分析学的鼻祖佛洛伊德、哲学维也纳学派的维特根斯坦，以及哈耶克、多普勒、卡普兰、恩斯特等一大批声震寰宇的名人大家，都与维也纳这座城市密不可分，他们对人类社会进步所起的推动力不可限量，但在奥地利国民心中，还有一个难以抹去的背影——克莱门斯·梅特涅。

在我所学过历史教科书中，梅特涅基本上都是作为一个反派人物出现的，但在奥地利乃至整个欧洲，对梅特涅历史地位的评价与我们的认知相左甚多： 首先，梅特涅是公认的一代外交天才，如果不是梅特涅在维也纳会议上纵横捭阖，奥匈帝国就难以得到超越其国家实力的外交利益；其次，梅特涅还是现代倡导大国均势的始作俑者，从历史和地缘政治的角度看，大国均势有利于地域和平；最后，我的奥地利同学认为在当时的历史条件下，为了保证国家利益，梅特涅反对民族分裂亦情有可原。奥匈帝国民族构成极为复杂，除了日耳曼人以外，还有匈牙利人、捷克人、罗马尼亚人、意大利人、南部斯拉夫人及波兰人等，换言之，奥地利国家没有民族或文化上的统一性，所以一旦民族主义势力发飙，就足以令奥匈帝国一夜之间土崩瓦解。"国家像一所虫蛀的房子，如果移动一部分，谁也不知道会倒塌多少"（奥皇弗兰茨一世）。毫无疑问，作为时代历史人物，梅特涅身上肯定有很多负面言行，但在奥地利人看来，19世纪欧洲历史舞台上的梅特涅不是一个反面角色。

我在维也纳看到一枚纪念币，那是奥地利为纪念梅特涅诞辰230周年铸就发行的，这就从国家层面上肯定了梅特涅的历史地位。但梅特涅不是奥地利人，他出生在德国的科布伦茨，那个城市我去过多次，所以很熟悉。有趣的是，纳粹德国魁首希特勒和二号人物戈林却都是奥地利人，前者出生在布劳瑙，后者是萨尔茨堡人。

美泉宫在维也纳西南郊外，去那儿的公共交通很方便，我们乘坐的巴士，终点站就在离美泉宫大门不远的地方。

我对皇宫有些许抵触情绪，因为我觉得不管是东方还是西方的宫殿，都是一种有违大众意志的产物，所以我对参观宫殿兴趣不大。但到维也纳的第二天，我就去拜访了美泉宫，因为，我喜欢茜茜公主。从一个宽泛的历史角度去审视，茜茜公主应该是奥匈帝国的缔造者之一，试想，当年如果没有茜茜公主的斡旋，弗兰茨·约瑟夫一世和安德拉希伯爵这对冤家能摒弃前嫌吗？如果没有茜茜公主的撮合，奥匈能结成同盟并且合力组成奥匈帝国吗？十九世纪的欧洲版块上，奥匈帝国是公认的五强之一，但这都离不开茜茜公主台前幕后的出谋划策和推波助澜。

《茜茜公主》在中国大陆上演时，罗密·施奈德饰演的女主角像铆钉一样嵌入了一代中国人的心中，所以罗

美泉宫

密·施奈德之后再也没有能让人接受的"茜茜公主"了，因为茜茜公主的倾国之美，不是一般艺人所能担纲的角色。影片拍摄于 1955 年，而中国观众一睹荧幕上的"茜茜公主"已是 1988 年，当时罗密·施奈德香消玉殒已经 6 年了，饰演了茜茜公主母亲的演员玛格达就是罗密·施奈德的母亲。

人民都是友好的：旅途速记之七

我们在美泉宫旁的一家餐馆用午餐，我父亲点一杯 3 欧元的冰镇啤酒，喝到一半时不小心碰倒了杯子，半杯酒泼了。站在一旁的年轻服务生见了，也不和我们说什么，马上跑到吧台上又斟满一杯给我父亲，因为他如此热情，所以我们也不好意思多问什么。

我们用完餐结账时，账单上标注的是一杯酒的价钱，我指着账单对服务生说：我父亲喝了二杯酒。服务生摇摇手说：不，是一杯酒。我说我父亲打翻了一杯酒，你又给了他一杯，应该是两杯。他笑着说第二杯酒是不需要付款的。我问他这是你们老板说的？他说这点小事不需要请示老板，他可以决定的。

那服务生小伙高高的个子，很帅，他告诉我他是意大利都灵人，来维也纳打工的。

我临走时感到有点奇怪，他一个餐馆服务生怎么有权做这事？我父亲摇着头说这有点不可思议，因为在我们中国，这位服务生的"擅自决断"应该属于是越权了。

音乐之声

我去萨尔茨堡时，正巧是她的老城被联合国教科文组织列入世界文化遗产名单 20 周年。

萨尔茨堡今天能吸引世界各地那么多，包括我在内的游客前往，应该感谢一个人，德国陆军上校汉斯·莱普尔丁格尔，正是这位德国军官的良知，才使萨尔茨堡免遭战火涂炭——1945 年 5 月 4 日，美国军队兵临萨尔斯堡，汉斯·莱普尔丁格尔出于保存人类文明成果的考虑，所以与美军订了城下之盟，这和解放战争时北平和平解放异曲同工。试想，如果当年汉斯·莱普尔丁格尔坚守"军人以服从命令为天职"的信条，那么今天我们也许就看不到米拉贝尔花园和大天主教堂，看不到千姿百态的喷泉和风格独特的巴洛克建筑了。所以我个人认为，军人服从命令理所

萨尔茨堡地标景点——米拉贝尔花园

当然，但一定要看服从什么样的命令，如果上级军官让你射杀自己的母亲，或毁坏萨尔茨堡这样的人类文明成果，你会服从吗？你能服从吗？

萨尔茨堡名扬世界，还要拜一个人和一部电影所赐——莫扎特和《音乐之声》。

莫扎特的音乐天分，当今之世无有争锋者，在他短短的36年生命中，有一半时间是在萨尔茨堡度过的，但尽管家乡风景如画，莫扎特对她却是全无好感（据说他最喜欢的是维也纳，最憎恶的正是萨尔茨堡），因为他在这儿度过了饱受欺凌的童年与青年时代，那时的莫扎特常为自己卑微的奴仆乐师地位而感到压抑和屈辱。今天，萨尔茨堡给了莫扎特生前连想也不敢想的至臻地位，莫扎特大街、莫扎特广场、莫扎特音乐学院，他的全身铜像就矗立在以他名字命名的广场上。每年从7月开始，萨尔茨堡都要举行为期5周的国际莫扎特音乐节，萨尔茨堡所能奉献出的荣誉，悉数给了这位乐坛天才，这是音乐大师生前从没想到过的。

不过有一点我始终持保留态度，即莫扎特4岁即开始学作曲，8岁就已创作出第一、第二、第三交响曲，这让我怎么也难以置信！我总觉得如此伟大的传世经典，即便是18岁也难以创作出来，或许这就是260年来，世界上再也没有出现第二个莫扎特的原因？神童的成就，真的是前无古人，后无来者？我有时怀疑那些传记作者把年龄搞错了，或是因为艺术创意的需要把水搞浑了。

莫扎特此时安息于维也纳的中央公墓，与贝多芬、舒伯特、施特劳斯父子、海顿、勃拉姆斯等同侪作伴，但初始莫扎特并没有享受这一待遇，他原先被安葬在圣马克斯公墓，在他逝世100周年时，维也纳市民为了纪念这位音乐天才，才把他移居到中央公墓的。

在我最喜欢的音乐题材影片中，《音乐之声》始终名列榜首，因为我觉得迄今为止全世界所有的音乐题材影片，都

莫扎特故居

没能达到《音乐之声》的艺术高度。影片的问世，在某种意义上是对诞生了莫扎特、卡拉扬的萨尔茨堡一种褒扬。《音乐之声》是根据真实故事改编的，最早被拍成电影是在德国，片名《菩提树》，但影响有限，"二十世纪福克斯电影公司"改拍成《音乐之声》后名声大增，影片获得了10项奥斯卡提名，最后拿下一半奖项亦属实至名归。我觉得美中不足的是朱莉·安德鲁斯没能拿下最佳女主角桂冠，也许评委们认为她前一年已经拿了一次最佳女主角奖，这一次需要"利益均沾"，所以她被迫"发扬风格"了。

　　《音乐之声》的外景拍摄地就在萨尔茨堡，那里的湖光山色美不胜收，我第一次看这部影片时就陡生梦想：有朝一日如能在萨尔茨河畔徜徉，能在米拉贝尔花园闲逛，

萨尔茨河两岸美丽风光

能瞻仰音乐泰斗莫扎特的故居，那也算是不虚度此生了。

没想到竟然好梦成真！

人民都是友好的：旅途速记之八

奥地利的因斯布鲁克坐落在阿尔卑斯山的一条峡谷中，我从旅馆打开窗户就能眺望远处的雪峰，城市上空飘过的朵朵白云，消逝在不远处阿尔卑斯山的峰峦间……

整座城市祥和、安静、整洁，宛如童话王国。

我在"黄金屋顶"前的那条弹格路上漫无目标地信步闲逛，突然身后爆出《拉德斯基进行曲》，吓了我一跳。我以为乐曲来自路边卖音像制品的小铺子，转身一看才发现大街拐角处有一支身穿民族服装的城市乐队，正开始表演

行进中演奏《拉德斯基进行曲》的城市交响乐队

音乐会开始了

进行曲的动感模式。我好奇，就一路尾随他们，乐队演奏完曲子的最后一个音符，正好到达一个露天剧场，全体人员鱼贯而入，甫定稍歇，指挥上台，音乐会正式开始了。

我还是第一次看到这种别开生面演出形式。

我们从露天剧场门口朝里张望，一个工作人员，是个很漂亮的姑娘，面带笑容走过来对我们说："你们如果想进去，请跟我来，我给你们安排座位"。姑娘看到我们有点迟疑，就接着说道："来吧，你们是远道而来的贵宾，欢迎你们光临"。说完，她手一摆，头一侧，用优雅的形体语言书写了一个"请"字。

瑞士篇

瑞士虽然紧贴着法国，但在方位上不能算是西欧国家，我们中国大陆很多旅行社，在制订旅游线路时，常把瑞士置于西欧团的行程中，所以我在此也就"顺势而为"了。

瑞士这个国家有两个别称：一是"欧洲屋脊"（国土面积83％是山地），二是"世界公园"（举国风光秀丽），因得益于这两大地形地貌，再加上国家的安全系数较高，所以，欧洲各国的达官贵人和精英阶层都喜欢到瑞士去旅行或度假，数百年来，旅游业一直是这个国家的支柱产业之一。

我去过两次瑞士，两次都是乘火车，但都只停留了一个城市，一次是去列支敦士登时途经苏黎世，短暂停留几小时，所以仅在班霍夫大街逛了一下，另一次是去米兰，顺便弯道打卡伯尔尼，但也只是待了半天时间，所以只是在爱因斯坦博物馆周围溜达了一圈。

班霍夫大街

苏黎世是瑞士第一大城市，也是经济中心（就像上海），因为她聚集了数量最多的亿万富翁，所以被称作"亿万富翁都市"。国际社会称苏黎世是"三最城市"，生活最富裕、城市最时尚、物价最昂贵，2014年，在联合国人居署全球最佳宜居城市评选中，苏黎世位居榜首，对此我很不以为然，物价最昂贵，还能是最宜居城市？

我去苏黎世之前就知道，这座城市富裕、时尚的集中体现是在班霍夫大街上，据说世界上很多明星名媛可以一整天耗在这条长1500米不到的马路上，但我却用45分钟就走了一个来回，道理很简单，因为这条街上所有的商店铺面都不适合我这个阶层的人。那些橱窗里的服装全是世界最高等级的名牌，价位也都在可望而不可即的高度，还有如珠宝、钟表、饰品等，标价更是天文数字，我像很多普通中国游客一样，看着那些商品的标价直咋舌。

我最感兴趣的还是班霍夫大街上的金融巨头。

在张榜公示的名单中，全球有120多家大银行的总部在苏黎世安营扎寨，其中大多数驻扎在班霍夫大街上。这些银行为了方便客户都24小时营业，他们全天候服务的一项主要内容，就是让客户可以在任何时间内前来使用匿名

俯瞰苏黎世城市一隅

储藏柜，但这些储藏柜只认钥匙和密码，而什么人来取柜中物品他们不管。

瑞士银行保密制度举世皆知，在相当长的一段历史时期内还享有盛誉，但现在这项保密制度正遭受前所未有的冲击，因为它在享有良好信誉的同时，也为世界各地的犯罪分子提供金融庇护，其中包括中国部分贪腐官员。我还很清晰地记得，2009年2月，在美国的强大压力下，瑞士最大的银行瑞银集团被迫作出妥协，向美方支付7.8亿美元的巨额罚款并提供250至300名美国客户的信息，瑞银集团之所以如此委屈就范，主因还是理亏怕被起诉。瑞士银行保密制度也饱受欧盟国家的诟责，富豪们为逃避税收，就把钱款存进了瑞士银行，这种有损国家利益的行为，法

晚霞中的格罗斯大教堂

国、意大利、德国等国政府都表示过不满。2013年和2014年，瑞士政府分别签署了《多变税收征管互助公约》和《税务事项信息自动交换宣言》，以此回应一些国家的指责。从目前的形势和发展的眼光看，瑞士银行的保密制度退出历史舞台已为期不远了。

革命导师列宁在1916年迁居到苏黎世，他在这儿完成了《帝国主义是资本主义的最高阶段》一书，这是一部政治经济学领域的经典之作，但书中有些论断似乎没有与今天欧洲现状所吻合，因为历史的轨迹没有朝他老人家预测的方向延伸，纵观今日欧洲各国的情势，和平共存，和平发展是社会各阶层公认的进步方向。当然，我们不能苛求古人，列宁写《帝国主义是资本主义的最高阶段》是在 100 年前，他怎么可能想象一个多世纪后，社会竟然会发展成如此模样？所以，我觉得一个人再伟大，但要想预见人类社会发展的顶点，还是有点难，比如，有谁能说出再过 100 年，人类智能会进步到什么程度？或者有谁能预见 100 年后，人们还用不用手机和电脑？

苏黎世大学的学生情侣

爱因斯坦博物馆

伯尔尼是瑞士首都，同时也是一座很有内涵的旅游城市，她的旧城区是联合国教科文组织钦定的世界遗产，城里的钟塔、阶梯大教堂、正义女神雕塑喷泉等，都是闻名于世的地标景点，但我在伯尔尼驻足，主要是为了去觐见一位伟人。

伯尔尼克拉姆大街 49 号科学泰斗阿尔伯特·爱因斯坦生活过 7 年的故居，为纪念相对论问世 100 周年，2005 年瑞士政府把它辟为博物馆，房子简陋不起眼，听街上一家咖啡馆的老板介绍说，因为是临街的房子，难以改扩建，所以基本保持了爱因斯坦当年居住时的格局。1908 年，爱因斯坦兼任伯尔尼大学的编外讲师，博物馆内保存有爱因斯坦的上课录音，还有一些爱因斯坦当年曾使用过的家什物品，这些收藏较为系统地记录了这位科学巨人的生平事迹。爱因斯坦提出狭义相对论，开创物理学新纪元时只有26岁，刚刚由瑞士国家专利局的"临时工"转为正式的三级技术员，但爱因斯坦获得诺贝尔奖时已经42岁了，而且获奖的科学成果并非相对论，而是从理论上正确解释了德国物理学家赫兹在1887年发现的光电效应。

我崇拜爱因斯坦，不仅是因为他老人家名垂千古的科学成就，更因为他那令人高山仰止的品德——1914年一战爆发，德国知识界发表了一个"致文明世界宣言"，内容是鼓吹国家利益高于一切（其真正目的是为德国的侵略战争辩护）。当时在"宣言"上签名的有93人，而且都是德国最有声望的科学家和艺术家，就连普朗克、伦琴这样的科学巨匠都签了字，但是爱因斯坦拒绝同流合污，并反其道而行之，毅然在只有4个签名者的反战宣言《告欧洲人书》上落款。我就是从爱因斯坦的行为中厘清了国家利益和人类和平之间的关系。

1933年，爱因斯坦因不服于法西斯政权而逃离德国，当他辗转各国，最终踏上北美大地时，德国已有31位诺贝尔奖获得者，而当时的美国只有5位获奖者，所以国际社会有一种说法，即爱因斯坦的出走，标志着德国物理学在全球的领导地位转移到了美利坚合众国。

爱因斯坦博物馆的门票价是6瑞士法郎，我觉得这有点贵，但当我花2个瑞士法郎买一个面包圈时，我释然

爱因斯坦博物馆

了，因为我终于领教了瑞士物价的超级贵。在德国美因茨，我借宿的学生公寓旁有一个阿迪超市，同样大小的面包圈仅 0.23 欧元一个。瑞士法郎和欧元的比值差不多，按这价格算，在瑞士吃一个面包圈，在美因茨可以吃 9 个了。

今天的瑞士是世界上数得着的富裕国家，但在农耕时代，这个国家因地处山区，产粮微薄，所以很多成年男子为了养家糊口，都到别的欧洲国家充当雇佣兵。瑞士雇佣兵信奉契约精神，对雇主忠贞不二，其忠诚和善战举世闻名——1792 年 8 月 10 日，巴黎起义民众攻打凡尔赛宫，为保护路易十六和玛丽王后，800 多名瑞士雇佣兵组成的皇家卫队殊死抵抗，最后悉数血洒凡尔赛宫，无一生还。为了纪念这批勇士，1812年，丹麦雕刻家特尔巴尔森在琉森的山岩上创作了雕像"濒死的狮子"——一头硕大的雄狮，痛苦地倒在地上，折断的长矛插在肩头，旁边还有一个带有瑞士国徽的盾牌，雕像下方刻有描述事件经过的文字……。

据说马克·吐温曾久久地伫立于"濒死的狮子"前，满怀感慨地吐出一句：这是世界上最悲壮、最感人的雕像！

瑞士这种国家能赢得世界的尊敬和尊重，不是因为诞生了什么政坛伟人，也不是因为有多少富豪大亨，更不是因为拥有名满天下的钟表和银行，而是哺育了一代又一代高素质的国民。这样的观点，同样见诸于德国宗教改革家马丁·路德的语录：一个国家的前途，不取决于它的国库如何殷实，不取决于它的城堡如何坚固，也不取决于它的公共设施如何华丽，而是取决于公民的文明素养，即人们所受的教育、人们的学识、人们的品格高下，这才是一个国家的力量所在。除了勇敢，瑞士人的勤劳和智慧也是举世公认的，因为，能把"欧洲屋脊"建成"世界花园"即是明证。

1516年，瑞士在马里格拉诺战役中被法国和威尼斯联盟打败，因痛感战争杀戮带来的伤害，所以举国一致同意奉永久中立为国策。整整5个世纪过去了，这块土地上再也没出现过战争硝烟，中立，像银行业一样，成了瑞士的国家品牌，被这样一个品牌罩了500多年，人民的幸福指数在全球名列前茅也是情理之中的事了。

我从德国美因茨去意大利米兰，乘坐的列车需穿越瑞

濒死的狮子

士全境，虽然大多数时间是在崇山峻岭中行驶，但放眼窗外，坡上绿草茵茵，山林郁郁葱葱，偶见一幢白房或红房镶嵌其间，自然色彩调配得如此惊艳出挑，称得上是蔚为奇观。

世界花园，名不虚传！

我上中学时的语文教科书中，游记题材的课文几乎都是寄情于山水的文字，如《小石潭记》《醉翁亭记》《游褒禅山记》《游黄山记》《与朱元思书》等等，其内容基本上不出"明月松间照，清泉石上流"的套路，而反映地方人文历史、民俗民情的内容则很鲜见，我猜测这大概是编辑者虑及受教育者因年龄而理解力有限，所以在选择时就偏重于描述山水庭阁，花草树木的篇章了。

上大学时，我拜读了美国文学之父华盛顿·欧文的《见闻札记》，顿觉有豁然开朗之感，原来游记除了着墨于湖光山色、亭台楼阁，还有更深邃、更宏大、更广泛的内容，那是一种蕴含着"诗与远方"和旅行真谛的叙述。华盛顿·欧文认为"在自然景物的壮丽方面，美国人从不需要舍本土而远求"（我们神州大地亦如此），但"在传奇和诗意的联想方面，欧洲却具有它特殊的魅力"（这同样也可以理解为相异于华夏民族风情的一种魅力），今天，我对欧洲旅行的情有独钟，就是受了华盛顿·欧文的蛊惑。

因为"欧洲蕴蓄着世代聚集的珍奇宝藏，就连那里的遗址废墟也尽是过去历史的记载，每块残砖烂石都是一部史册。"所以，华盛顿·欧文"渴望到那些有过丰功伟业的故地去漫游——仿佛是去步履一下往古的足迹——流连于废堡颓垣之侧，低回于圮塔欹楼之中"，可以这么说，我在欧洲漫游时的思绪轨迹，就是步了华盛顿·欧文的后尘，我像这位前辈一样，"暂时忘情于眼前的凡庸现实，而沉湎在过去繁华盛世的幻影里去……"

南国粉黛

　　欧洲有多少国家？这是一个看似简单，实则复杂的问题。

　　在官方的地理版图上，欧洲有 44 个国家，但现在地跨欧亚的土耳其、塞浦路斯，以及从前苏联分离出来的亚美尼亚、格鲁吉亚、阿塞拜疆，这 5 个国家在政治文化、公共事务等活动上都"脱亚入欧"了，所以从地缘政治角度上去看，欧洲现在有 49 个国家。在东西南北（欧）的地域分布中，南欧国家数量最多，有 17 个，占三分之一强（科索沃虽已宣布独立，但还没有被联合国接纳为成员国）。

　　南欧是世界古代文明的发祥地之一，它的文化优势在地中海地区持续有 2000 多年的历史，直到 16 世纪后，因西欧崛起，南欧的文化优势方才被逐渐分解，但其间孕育的基督教文明，至今在世界范围内仍处于强势地位。南欧现

罗马街头，教皇注视着躺在他脚下的流浪汉。

拥有120多项世界文化遗产，这是招徕游客的硬实力，欧洲其他地区不能与之争锋，因历史家底丰厚，所以旅游业是南欧多数国家的经济支柱，像梵蒂冈、马耳他等国的外汇收入基本依赖旅游产业。

　　欧美国家的游客去南欧旅行，一般都首选希腊、意大利、西班牙3国，从拥有的人文旅游资源上去考量，希、意、西在欧洲三强鼎立，古希腊文明、古罗马帝国、米兰敕令、文艺复兴、地理大发现等这些具有划时代意义的历史遗产，吸引着数以千万计的旅行者前往探幽，所以多年来，希腊、意大利和西班牙一直雄踞世界10大旅游超级强国之位。

　　但对很多老资格的旅行者来说，南欧还有一方宝地很

南国粉黛

95

海边芭蕾少女——黑山共和国旅游城市布德瓦

值得一顾，那就是巴尔干半岛，因为无论是民风民俗、还是自然风光、抑或名胜古迹，巴尔干半岛都不亚于西欧、北欧、中欧等地的"同类产品"。除此之外，还有很重要的两点：1. 巴尔干地区的多数国家，如克罗地亚、黑山、阿尔巴尼亚、北马其顿、波黑、罗马尼亚等，虽然不是申根协定成员国，但游客只要办理了申根签证，同样可以在上述国家自由通行或滞留一段时间；2. 与北欧、西欧相比较，巴尔干地区国家的日常生活费用较低，特别是从前南斯拉夫分离出来的克罗地亚、黑山、北马其顿、波黑等国，其衣食住行较北欧 5 国、西欧 7 国要便宜很多。所以，如果你想让自己的旅行日记更丰富多彩一些，那么去巴尔干半岛逛一圈是非常不错的选择。

在南欧旅行，其内容基本上以人文历史为主，如果没有做足、做好这方面的功课，那就失去了一大半旅行的意义。

意大利篇

从 2011 年至 2016 年，我专程去亚平宁半岛旅行了 4 次——第一次去了罗马、佛罗伦萨、威尼斯、比萨、维罗纳；第二次去了米兰、热那亚、博洛尼亚；第三次去了西西里岛；第四次去了那不勒斯和庞贝古城。

四顾仍不厌，唯有意大利！

佛罗伦萨

这是一座我向往和崇拜了多年的城市，因为她不仅是欧洲文艺复兴的发祥地，而且还哺育了一大批永垂不朽的世纪伟人，在佛罗伦萨的先贤祠中，供奉着但丁、达·芬奇、拉斐尔、米开朗基罗、伽利略、薄伽丘、乔托、提香、彼得拉克……，所以，当我跨进先贤祠门槛的一刹那，心中的幸运感油然而生，因为迄今为止，我从没有在这么短的时间里，觐见过这么多的世界顶级大师。

真有点受宠若惊！

世人称佛罗伦萨是"文艺复兴重镇中的重镇"，我觉得这赞誉恰如其分，虽然这块丰碑是由众多先贤撑起的，但我总觉得其中一半的功勋应属于美第奇家族，所以到佛罗伦萨观光，不首先认知美第奇家族和这个家族中的几位人物，那就很难解读佛罗伦萨。

如果说没有美第奇家族就没有文艺复兴，这话似乎有点夸张，但没有美第奇家族，文艺复兴的成果将肯定逊色不少，这是毋庸置疑的。因为，没有美第奇家族的扶持和帮衬，但丁、达·芬奇、波提切利、拉斐尔、米开朗基罗、提香等一批大师就可能难以登上文艺复兴的最高领奖台。美第奇家族300年的家族史上诞生了四位教皇和两位法国王后，但我认为这并不是值得大肆夸耀的殊荣，真正应该排在荣誉榜单前三位的应该是乔凡尼、科西莫和洛伦佐三人，因为没

但丁故居

有乔凡尼和科西莫的努力运作，美第奇家族就难以奠定在财富、文化和政治上的地位；而没有洛伦佐的慧眼识珠，米开朗基罗等人的艺术之路通向何方尚未可知。今天，在意大利各地的文艺复兴展馆里，很多展品都是美第奇家族的私藏，而佛罗伦萨的乌菲茨美术馆即是美第奇家族的遗产。

不过多年来，我心中一直有一个疑团：即具有300年辉煌历史的美第奇家族，怎么竟然会因绝嗣而消亡了呢？虽然历史记载确凿无疑，但我心里还是不能释疑。

佛罗伦萨闻名遐迩的景点很多，米开朗基罗广场、维琪奥王宫等、乔托钟楼等，但名声最大的莫过于百花圣母

百花圣母大教堂

大教堂，它位居欧洲四大教堂之一，其巨大的穹顶与罗马万神殿、梵蒂冈圣彼得大教堂并列为欧洲三大穹顶建筑艺术的巅峰之作，据说自百花圣母大教堂始，欧洲的建筑艺术即正式进入了文艺复兴时代。

佛罗伦萨的历史地位，决定了这座城市的规划和发展不允许行政当局有任性的作为。我看到通往市中心的马路或街道上都横亘着闸栏，一问，原来市中心属于交通限制区，除了公交车辆，包括出租车，以及拥有通行证的居民，别的车辆一律只能在晚上七点半后到上午九点半前（4—10月准入时间为0时到4时）才能进出市中心。

虽然佛罗伦萨市政当局已是竭尽全力，但古城仍摆脱不了交通拥堵、环境污染等现代城市病的侵袭。为缓解压力，佛罗伦萨在2009年修建了一条快速有轨电车，据说在规划中还有两条要上马，但因遭不少市民反对而暂时搁置，反对者的理由是电车穿越老城，破坏了城市原有的文化氛围。我去的时候，佛罗伦萨市政府正酝酿举行公民投票，以此决定取舍。我觉得我们中国大陆的城市管理应该向佛罗伦萨学习，历史名城和历史街区的城建规划，首先应该让专家论证，然后交付全体市民讨论和公决，绝对不能由个人拍脑袋或拍胸脯决定。我们国家半个世纪多的城市建设和城市管理，有着极其深刻的历史教训。

佛罗伦萨国立美术学院列世界四大顶级美术学院之首（另三座是法国巴黎国立高等美术学院、俄罗斯列宾国立

美术学院、英国皇家美术学院），她是世界上第一所美术学院，问世已近700年，因为坐落在文艺复兴的重镇，因为开一代美术教育之先河，更因为对欧洲乃至世界美术教育做出了无与伦比的贡献，所以无人敢质疑佛罗伦萨国立美术学院在世界美术教育领域内的掌门地位。

圣母百花大教堂前的艺术家和美女模特

博洛尼亚

　　我绕过威尼斯、比萨和维罗纳等名城点击鲜为国人所知的博洛尼亚，缘起当地的一所大学和城市的两个别称。

　　90％以上的中国人，包括很多受过高等教育的中国人，都不了解博洛尼亚大学。这所创立于1088年的大学，是世界上第一所具有现代意义的大学（特别提醒"现代意义"一词），当时她与法国巴黎大学、英国牛津大学、西班牙萨拉曼卡大学并称欧洲四大名校，但丁、彼得拉克、丢勒、伽利略、哥白尼等曾是这所学校的教师或学生。博洛尼亚大学建校900周年之际（1988年），欧洲430位大学校长在博洛尼亚广场签署了欧洲大学宪章，正式宣布博洛尼亚大学为欧洲"大学之母"。但就像很多欧美的大学一样，

博洛尼亚大学广场

博洛尼亚大学也没有围墙，所以你走在它的校园里，感觉不到这是所大学，就像一个小城镇，只有当你走进它的某一幢楼，听了管理员的介绍，才会被她深厚的历史底蕴所震慑。

　　博洛尼亚大学大师级的校友数以百计，但有一个被世人遗忘在历史的暗影里，他就是科拉多·基尼！当今国际上通用的，衡量一个国家或地区居民收入差距的常用指标——基尼系数，就是这位毕业于博洛尼亚大学的天才学生提出的。我之所以说科拉多·基尼是天才，那是因为他在博洛尼亚大学主修的专业是法律，但他在数学上也极有天赋（基尼系数是需要通过大量的数学计算来完成的），所以科拉多·基尼在大学时既学法律，又学数学，像这样文理贯通的复合人才，在和他同时期的中国几乎是不可想象的。

市中心广场

　　博洛尼亚有一个城市别称： 红色之都。

　　在意大利这样的国家政体中，有这样一个别称的城市，令人有点诧异，但却是事实。自二战以后，一直到上世纪末，博洛尼亚一直是意大利共产党的根据地，也是社会主义的坚固堡垒。除了1999年到2004年，有一位中间偏右人士当选过市长外，其余时间都是左派政党执政，所以博洛尼亚的市政管理有很多方面体现着社会主义的优越性，医疗教育、社会保障等方面福利，都符合社会主义的理论和制度设计，她还是欧洲第一个实行大众交通免费的城市。但这些都是我从当地市民那儿"道听途说"来的，究竟是否属实，没有求证过，因为我是从圣马力诺去罗马途中路过博洛尼亚，所以只住了一晚，没有更多的时间进行深入调访。

红色之都的印记

　　博洛尼亚还有一个城市别称，廊城。

　　红色之都的社会制度框架很现代，但博洛尼亚城市本身却是一座地地道道的，极具建筑特色的古城，这建筑特色主要是体现在别致的拱门和宽宽的柱廊上。据说中世纪的博洛尼亚市政当局有一项规定，即所有建筑物都必须建有一定宽度的柱廊，以方便城市的居民生活。这项规定传承至今，以致现

廊城印记

在新建的楼宇也都有宽敞的柱廊。博洛尼亚城市的这些柱廊连接起来长达几十公里，千姿百态，风格迥异的柱廊，让人领受到意大利人在建筑艺术上的匠心独具。我去博洛尼亚时值盛夏，亚平宁半岛上赤日炎炎，但穿梭在这些柱廊下，阴凉爽快，令人感受到一种人文情怀释放的惬意，为了拍这些形态不一的柱廊，花去了我大半天的时间。

博洛尼亚历史上曾诞生了四位教皇，其中有一位对世界产生了重大影响，他是格列高利十三世，现在使用的公历就是他颁布的。

热那亚

热那亚的意大利语是"Genova"，英语"Genoa"，如果是依据音译，这两种语言怎么也读不到"热那亚"上去，我曾对好几个意大利人说我到过"热那亚"（中文发音），但没人知道那是什么地方，而当我来改口"杰诺瓦"时，每一个人都听懂了。所以我猜测或许是因为无从考证是谁把"Genova"译成"热那亚"的，所以只能是将错就错了。虽然"热那亚"在中国大陆已被约定俗成，但我还是觉得称呼它为"杰诺瓦"更为准确。

热那亚在12—16世纪期间曾是一个独立的海洋共和国，为了争夺海洋商业霸权，它和威尼斯共和国进行4次大规模的战争，其中有一次热那亚不但在海战中击垮威尼斯的舰队，且封锁威尼斯长达半年之久，当时居住在威尼斯的马可·波罗就是被热那亚人俘虏的。但他因祸得福，在被关押期间，马可·波罗通过口述完成了一部传世巨制《东方见闻录》。

潮起潮落，世事无常，热那亚在经历了短暂的辉煌后就衰落了，1768 年，一路颓势的热那亚将原本属于他们领地的科西嘉岛卖给了法国人，翌年，这个地中海的第四大岛成了法国一个省，也就是在这一年，一代枭雄拿破仑出生了，所以历史有"如果"，拿破仑应该是意大利人。

热那亚是举世闻名的古城，自然少不了历史名人，哥伦布、帕格尼尼、马志尼、本笃十五世（反对第一次世界大战）等都出生在这块土地上，碍于停留的时间有限，拜访名人故居的计划我只能忍痛割爱，因为有一个更为重要的地标是万万不能舍弃的，那就是斯塔格列诺公墓（Staglieno）。

斯塔格列诺公墓正门

欧洲有三大公墓——巴黎拉雪茨公墓、维也纳中央公墓和莫斯科新圣母公墓，这三大公墓均以葬有诸多世界级的伟人和名人而誉满全球。斯塔格列诺公墓虽然在墓葬者名气上不能与上述三者争锋，但却以拥有极高艺术价值的雕塑群而名扬天下（上海人文艺术频道曾有过专题介绍）。据说早先热那亚的有钱人喜欢在自己的墓碑前竖立巨型雕塑，以此表达对死亡的理解（或是一种地位的象征），后来这种形式在当地逐渐演绎成一种民俗，以致葬在斯塔格列诺公墓中的逝者，无论贫富，墓碑前都放置有形状各异，精美绝伦的雕塑作品。该公墓自 1851 年启用至今，170 年中累积了数以万计的墓碑雕塑，而且无一雷同，所以斯塔格列诺公墓是欧洲，也是世界上以死亡为主题的、规模最大的户外雕塑博物馆。

朱塞佩·马志尼墓

斯塔格列诺公墓建在一个山坡上，很大，资料上说占地 1 平方公里，但我觉得不止，因为我在里面转悠了整整一个下午，大概也就涉足其三分之一左右。

斯塔格列诺陵园里也葬有名人，比如唯美主义代表人物，英国诗人奥斯卡·王尔德的妻子康斯坦斯·劳埃德，意大利民族主义英雄人物杰罗拉莫·比克肖等，但对我们中国人来说，最熟知的莫过于意大利建国三杰之一的朱塞佩·马志尼。列宁曾称赞马志尼是"马克思主义以前的非无产阶级社会主义的代表"，我认为革命导师的这个评价非常符合历史客观。我对马志尼的认识，初始来自历史教科书上的烧炭党人、青年意大利以及小说《牛虻》等，进一步了解则是他的"国家是为道德而存在"的理论。马志尼认为，道德是一个国家存在的

热那亚火车站一侧的哥伦布塑像

基础，亦是一个民族的爱国主义精神赖以存在的基础，而道德的来源是责任。我的人生观深受这个理论的影响。

我们从法兰克福坐火车去袖珍国圣马力诺，经过米兰时停留了几日，因为热那亚距米兰不到 150 公里，和上海到无锡差不多，所以临时决定去逛一天（主要是想见识一下斯塔格列诺公墓），从米兰乘火车到杰诺瓦约 1 小时出头，票价 11.5 欧元。

人民都是友好的：旅途速记之九

我们在热亚那火车站旁的哥仑布雕像旁小憩，我母亲大概有点累，所以就想在塑像底座的台阶上坐下，但一看

南国粉黛

那台阶有点脏，她犹豫了一下，打消了席地而坐的念头。这时，坐在塑像底座一侧的女孩注意到了我母亲的举动，她从挎肩包里拿出一本杂志，递给我母亲，用手势告诉我母亲垫在地上……

这个细小的情节，体现了女孩的善意。在日常生活中，就是因为一些细小的情节，反映出了人的品性，也拉近了人与人之间的情感距离。我在欧洲的旅行途中，曾数十次地享受到这种"细节"带来的温馨。

女孩来自波兰，是个独行女侠，正利用暑假期间在亚平宁半岛上风行。

那不勒斯

我在瑞典时，有一天看到周围很多人举着蜡烛在唱《桑塔·露琪亚》，我问瑞典同学这是怎么回事？她用怪怪的眼神看着我说，你不知道今天是"桑塔·露琪亚节"吗？我嘴上回答说不知道，但心里想这不是意大利人的专利吗？你们瑞典人起什么哄？瑞典同学似乎猜到了我在"腹诽"，马上给我上了一课——露琪亚虽然是那不勒斯人，《桑塔·露琪亚》虽然也是意大利民歌，但因露琪亚字面意思是"光明"，所以她被奉为是驱走黑暗、迎来光明的圣女，我们瑞典不仅冬季漫长，而且昼短夜长，因此我们设立一个"桑塔·露琪亚节"，是为了表达企盼光明的愿望。

女圣徒露琪亚出生于那不勒斯，在西西里传教时遇害，12月13日是她的殉难日，后人为了纪念她，就把那不

桑塔·露琪亚——远处是维苏威火山

勒斯的一个港口命名为桑塔·露琪亚（Santa Lucia）。

意大利人有句俗语：朝至那不勒斯，夕死足矣！这话的夸张程度，足以表明那不勒斯在亚平宁半岛城市家族中的显赫地位。

坐落在地中海畔的那不勒斯一年四季阳光绚丽，气候宜人，被世人誉为"阳光快乐之城"。因地理位置使然，所以那里的居民生性开朗、热情洋溢，而且极富歌唱才华，数百年来，那不勒斯为世界声乐事业做出了杰出的贡献，被誉为世界第一男高音的恩利科·卡鲁索是那不勒斯人。因为那不勒斯是块风水宝地，所以引来了太多的觊觎者，在2700多年的历史上，王朝更替频繁，从古罗马帝国、拜占庭一直到近代的波旁王朝，前后不下十来次。

那不勒斯皇宫内的服饰展示

　　因着深厚的历史底蕴，那不勒斯的名胜古迹遍布全城，在所有的这些历史遗存中，皇宫占有无可替代的位置。实际上那不勒斯皇宫的规模算不上宏大，它只是一幢三层建筑，在体量上远不能和北京故宫、巴黎凡尔赛宫、维也纳美泉宫等同日而语，但皇宫的内饰却是可与世界上任何同类建筑比肩。宫内藏品亦属丰富，瓷器、雕塑、油画等应有尽有，其中法国波旁皇族的凡尼斯藏品，赫库兰尼姆发掘出来的莎草纸和公元 5 世纪的《科普特教徒圣经》都是稀世珍品，也是镇宫之宝。那不勒斯皇宫坐落在普罗比西特广场正面，伫立于皇宫二楼的阳台上，可远眺维苏威火山和桑塔·露琪亚海湾。

那不勒斯皇宫墙外多种文字的介绍，其中有中文的，现在全世界只要旅行者能到达的地方，都不乏中国大陆游客的身影，从这一点上看，中国大陆社会经济的高速发展可见一斑。

那不勒斯有几张具有世界影响力的城市名片，披萨是第一张。

那不勒斯皇宫墙上的中文介绍

我抵达那不勒斯的翌日一早就径奔 Da Michele，因为我的意大利同学向我隆重推荐了这家百年老店，他说这店里出产整个意大利，也是全世界品质最好的披萨（没有之一），每天都有来自世界各地的游客，为尝鲜而不惜在店门口排队 1—2 小时，因为 Da Michele 只有堂吃，不接受任何人的预订外卖。

Da Michele 门面很小，看上去有点寒酸，大堂也很小，里面仅十来张 4 人桌，满座大概也就二三十人，而且整个店面的装潢非常陈旧，其档次就像我们上海街头巷尾的那种普通小吃店。但就是这么一个如此不起眼的 Da Michele，却是世界上名声最大的披萨店，迭戈·马拉多纳、茱莉亚·罗伯茨、弗雷斯特·惠特克等国际超级巨星也曾前来坐堂品尝（墙上有一幅茱莉亚·罗伯茨与朋友在

百年老店 Da Michele 的当家产品

店堂里吃披萨的照片）。150 年来， Da Michele 始终秉持极简主义的理念，它不仅只做 Margherita 和 Marinara 两个品种的披萨，而且店里提供的饮料，如啤酒、可乐、芬达和饮用水等都是一个价，2 欧元。

我同学说全意大利有 2 万多家披萨店，那不勒斯一地就有 1200 家以上，当地居民喜食披萨，有些人每天都吃，而且披萨是真正的大众食品，不论是达官富豪还是市井小民，对披萨都是百吃不厌。

那不勒斯第二张享誉世界的城市名片是索菲亚·罗兰。

我在皇宫边上的街头小铺子里买了一个有索菲亚·罗

印有索菲亚·罗兰头像的冰箱贴

兰头像的冰箱贴，民宿主人见了对我说，索菲亚·罗兰是
"那不勒斯女儿"。我回家后把他的话说与意大利同学听
时，他流露出很不以为然的神色（索菲亚出生在罗马，而
我的同学是罗马人）。可我还是偏向民宿主人，因为索菲亚
虽然出生在罗马，但她的大部分人生，还有她演艺生涯的
起步都在那不勒斯，所以我觉得"那不勒斯女儿"的称谓
之于索菲亚应该是名副其实的。

　　我第一次见识索菲亚的精湛演技是在《卡桑德拉大
桥》中，以后又陆续看了《烽火母女泪》《意大利式婚姻》
等影片，可以这么说，索菲亚的表演配得上"炉火纯青"
的标签。今天，索菲亚已年近耄耋，人们渐渐淡忘她的感人故事，但《卡桑德拉大桥》《烽火母女泪》《意大利式婚姻》等的艺术芬芳仍弥漫在人世间……

人民都是友好的：旅途速记之十

我们大约上午 10 点到达 Da Michele，因为还没到午饭时，所以店堂里没几个人。

我们在里面转了一圈，见时间还早，就先到隔壁的一家运动服装店去买衣服（因为我父亲看中了橱窗里展示的一套那不勒斯足球俱乐部的队服），待完事出门一看，发现 Da Michele 的门外已经等候了几十个顾客，我估计按照正常的流程，没有一个以上的小时肯定轮不上我们，这不免让我感觉有点不爽。

令人感动的事发生了！

Da Michele 的一个员工发现了我们，他走过来拍了拍我父亲的肩，示意跟他走。我们不知怎么回事，有点疑虑地跟着他，到了门口，他指了指我们，对等候着的，来自世界各地来的顾客说："他们刚才来过了，因为去服装店里买衣服（他举起我父亲手里拿的服装袋，又指了指隔壁的服装店），所以耽搁了时间，请大家同意先让他们进去"。所有在门外的顾客没有一个人表示异议，有几个人还竖着大拇指表示同意。如此友好场面真是令人动容。为了不影响等候堂吃的顾客，也为了表现华夏民族礼尚往来的传统，我们买的披萨没有堂吃，装盒带走了。

我父亲选的一套那不勒斯足球队的队服，标价 15 欧元，我父亲向老板还价 13 欧元，成交！老板一边包装一边

Da Michele 门口食客兴旺

打趣说："你们知道吗，马拉多纳曾是那不勒斯俱乐部的队员，他当年就是穿着这个式样的队服上场的"。我父亲回答道："当然知道，当年马拉多纳的转会费是 750 万美元，创有史以来的最高转会费记录"。老板听完，朝我父亲凝视了几秒钟，然后伸出拇指连声夸我父亲内行，并搂着我父母合影留念。那不勒斯人开朗性情可见一斑。

　　服装店老板有所不知，我父亲是个竞技体育的爱好者，但他最喜欢的运动项目却不是足球，而是田径，他在上大学时还曾是校 400 米中栏跑的冠军。在球类运动中，我父亲最喜欢的也不是足球，而是男篮和男排，电视转播的 NBA（美职篮）和男排比赛，从头至尾他是一场不拉的。

运动服装店老板和我父母合影留念

赫库兰尼姆

"凡是到过那不勒斯的游客，百分之百是会去庞贝的，但很多人不一定会去赫库兰尼姆，因为他们不知道那个地方，你这次去，走过路过不要错过"。这是意大利同学在我出发前给我的建议，但最后一句是我教他的汉语。

我很感谢我的意大利同学。因为，要不是他的建议，我是真不知道世界上还有一个和庞贝同命运的"赫库兰尼姆"！

公元79年，维苏威的火山灰不但淹没了庞贝，也同样摧毁了赫库兰尼姆。实际上，这个古罗马时代的海滨度假胜地离维苏威火山更近，只有约10公里，而庞贝则要比赫

赫库兰尼姆遗址入口

库兰尼姆远 10 公里，但维苏威火山爆发初时并没有危及赫库兰尼姆，因为上空强劲的风把火山烟云首先吹到了庞贝，但赫库兰尼姆最终没能逃脱厄运，随之降落的火山灰也淹没了这座城市……

赫库兰尼姆在考古学上的价值一点也不亚于庞贝，因为除了商店、剧场、澡堂、雕像等城市建筑之外，还发现了稀世珍品"赫库兰尼姆古卷"。虽然古卷已经碳化，但随着科技日新月异的进步，修复和查验古文献的水平也得以飞速提升，现在国际考古学界已认定，"赫库兰尼姆古卷"是迄今为止被发现的，最具历史价值的古希腊拉丁文文献集——据说这套文献集里不仅有西方第一位无神论哲学家伊壁鸠鲁的著作，甚至还有、或提到了古希腊悲剧大师欧里庇得斯、索福克勒斯，以及失传已久的盲诗人荷马、女诗人萨福等人的作品。

我们进入赫库兰尼姆时，一个管理人员向我们介绍说，古城被挖掘出来时，屋宇的门窗能关闭自如，烤面包的铜盘子仍在烘烤箱里，青铜的抽水机还能使用，在商店柜台上，甚至还摆放着一些核桃……。我问他怎么会这般神奇？他回答说是因为厚实的火山灰像一道保护层，将城市严严实实地裹起来了，所以古城一切都保护完好。虽然他言之凿凿，但我总觉得有点夸张，这也太神乎其神了。

赫库兰尼姆位于庞贝和那不勒斯的中间，有轻轨经过，出站不远就是古城遗址，我们到达时已是傍晚，游客已散去，夕阳映射下的赫库兰尼姆很是寂寥，给人一种深深凄凉感……

夕阳下的赫库兰尼姆

我们这次去意大利的那不勒斯、庞贝等，先从法兰克福乘火车到斯图加特，再飞到那不勒斯，机票价 39 欧元。斯图加特是德国名城，她不仅是奔驰、保时捷、博世的大本营，而且还是黑格尔、施陶芬贝格（刺杀希特勒的瓦尔基里行动主角）等名人的故乡。

巴尔干篇

　　巴尔干半岛只有80多万平方公里（不包括土耳其和科索沃），但国家却有9个，塞尔维亚、黑山、波黑、克罗地亚、北马其顿、罗马尼亚、保加利亚、希腊和阿尔巴尼亚，其中前5个国家是从前南斯拉夫分裂而成。中国如我这样80后一代所认知前南斯拉夫，大都是通过影片《瓦尔特保卫萨拉热窝》和《桥》等影片，从央视到各地方台，这两部影片播出了数十次。后来通过报纸杂志还知晓了一些波黑战争、科索沃战争什么的，但大多数中国人不清楚这块充满了纷争的土地现状如何？当然，以我有限的历史知识，不可能在有限的篇幅内把这些国家的历史和现实一一阐述清楚，总而言之，我个人觉得世界上任何一个地区，相邻国家之间的矛盾，民族的、宗教的、领土的，都没有巴尔干半岛那么复杂（而且千年不解），无论是中东还是远东都不能与之相比。

但不管巴尔干地区现在的情势如何，我所了解的3点已成客观现实：

圣马可教堂——克罗地亚首都萨格勒布

1. 铁托和他的战友们创建的前南斯拉夫国家现已一分为六，分别是塞尔维亚、波斯尼亚和黑塞哥维那（简称波黑）、北马其顿、克罗地亚、斯洛文尼亚和黑山，目前都是独立主权国家；

2. 6个国家的人均GDP分别为斯洛文尼亚在2万美元以上，属发达国家，克罗地亚1万3千美元，可列入准发达国家，其余4个国家都在5千美元左右徘徊；

3. 科索沃于2008年通过独立宣言宣布脱离塞尔维亚，现在已获得了100多个国家的承认，但包括俄罗斯、中国在内的90多个国家没有与她建交，而且她现在还不是联合国的成员国。

卢布尔雅那

斯洛文尼亚不在巴尔干半岛上，她紧贴着奥地利，在地理位上应该是中欧国家，但她独立前是在前南斯拉夫的地盘上，所以我把她置于"巴尔干篇"亦属自然。在前南斯拉夫国家版图上，斯洛文尼亚地处最北面，与前南斯拉夫脱钩后，在政治经济和社会形态上立马融入了西方社会。

1965 年，在第 28 届世界乒乓球锦标赛上，中国一举获得 5 项冠军，从此奠定了乒乓球王国的地位，那届世锦赛的举办城市就是卢布尔雅那，现在的斯洛文尼亚首都。半个多世纪过去了，中国乒乓球王国的地位延续至今，但卢布尔雅那却早已淡出了人们的视野。我这一代中国人，知道卢布尔雅那是斯洛文尼亚首都的，我臆测一半也不到，因为我们对前苏联，前南斯拉夫分离出来的那些国家，实在是了解太少了。

卢布尔雅那名胜古迹众多，城市中保存有公元前三世纪的罗马古城遗址、很多街道和建筑仍是中世纪风格，创建于 1595 年的卢布尔雅那大学，始终占据着巴尔干地区学术重镇的位置，在世界上也享有较高的声誉。卢布尔雅那虽然经历过地震和战祸，但很多文物古迹仍得到很好地保存和修复，这种对民族文化的尊重和敬仰，在欧洲国家是一种民族传统，它不受国家政权变更的影响。

享有"冰湖"美誉的布莱德湖距卢布尔雅那约 60 公里，湖的面积不大，但因汇集了阿尔卑斯山融化的冰川和

三桥是卢布尔雅那的城市地标

积雪，所以湖水湛蓝清澈，冰清玉洁。湖畔有一幢建于奥匈帝国时期的布莱德别墅，第一次世界大战后被南斯拉夫皇室占有，铁托上位后对别墅进行了重建，作为他在斯洛文尼亚的行宫。一个时代过去了，此时的布莱德别墅已完全被派作商业用途，当地人正因地制宜发挥着别墅最大的社会功能和经济效益。

在前南斯拉夫时期，卢布尔雅那曾被国家授予"英雄城市"的称号，因为二战时被意大利法西斯占领期间，卢布尔雅那的反抗势力很强大，而且像《瓦尔特保卫萨拉热窝》一样，产生过很多"瓦尔特""谢德"（影片中的钟表师）一样机智无畏的抵抗运动战士。但卢布尔雅那的二战

人们正在布莱德湖中玩水球

历史上也有灰暗的一页，即在墨索里尼法西斯政权倒台，德国纳粹取而代之成为城市占领者之后，卢布尔雅那竟然出现了一个与德国占领者合作的伪政权，甚至还拥有一支数千人的伪军。战后，同盟国（主要是英国）将逃往卡林提亚的斯洛文尼亚军队引渡给了南斯拉夫的新政府，其中大多数人被处决了，而且有些还是刚及弱冠的年轻人。从常规意义上解释，正义力量惩治邪恶势力无可厚非，但我总觉得一下枪杀那么多人，从人文情怀的角度上说终究是个悲剧，因为这些人大多数只是普通百姓，也有父母妻儿、也有兄弟姐妹、也有情侣朋友……

在埃及阿拉曼的英军公墓内，有一方墓碑上刻着这样一句话：对于世界，你只是一名士兵，而对于我，你却是整个世界。据说这是一位母亲为自己阵亡的儿子写的墓志铭。

我觉得这墓志铭是对战争恶魔最有力的控诉！所以，世界上爱好和平的人们，要时刻警惕那些用崇高的口号发动战争的阴谋家和独裁者，正是他们的野心、贪欲和邪念，致使千千万万无辜的生灵死于非命，其中也包括像斯洛文尼亚数千身背恶名被处死的年轻人，因为他们也是某个母亲的"整个世界"。

这座雕塑，是否在昭示卢布尔雅那的一段灰暗历史？

1991 年，斯洛文尼亚为了争取独立与前南斯拉夫军队血战 10 天，这短短的 10 天不仅促使了前南斯拉夫的分崩离析，也改变了巴尔干的地缘政治格局。但今天的卢布尔雅那已没有丝毫的战乱痕迹，斯洛文尼亚的人民深知和平的珍贵和来之不易，所以在国歌里填写了这样的词句：受上帝所保佑各国，都为光明不懈工作，世上再没有战争和冲突的折磨；长享有自由快活，没仇敌，只有好邻国！长享有自由快活，没仇敌，只有好邻国！在边疆，只有好邻国！据说正是在这样一种建国理念的引导下，斯洛文尼亚妥善解决了与克罗地亚的边界争端。

斯洛文尼亚是一个仅有 200 多万人口的小国，但在前

人家尽枕河——卢布尔雅那城市一隅

南斯拉夫分裂出来的 6 个国家中，她是唯一进入发达国家
行列的国家（2019 年人均 GDP22000 欧元）。斯洛文尼亚也
是申根区的国家，所以办了申根签证前往斯洛文尼亚旅行
是无需通关的。

萨格勒布

　　巴尔干之行，萨格勒布是必去的城市。

　　虽然是历史名城，但萨格勒布见于史籍的文字记载是
在 1093 年，而真正形成城市模样的是在 13 世纪，萨格勒布
的城市名问世更晚，已是 16 世纪了。前南斯拉夫解体之
前，她是国家的榜眼城市，现在则是克罗地亚的首都。

俯瞰萨格勒布

　　前南斯拉夫总统约瑟普·布罗茨·铁托是克罗地亚
人，1892年出生在萨格勒布旁一个叫库姆罗韦茨的村子
里，他从1953年开始一直到1980年去世，一直担任该国总
统，但实际上早在二战结束时，因为在反法西斯战争中的
杰出贡献和崇高威望，铁托就已是国家的最高领导人，当
时他是联邦政府主席。二战后，南斯拉夫这个国家曾数易
其名，初始南斯拉夫联邦人民共和国，1963年改名南斯拉
夫社会主义联邦共和国，而南斯拉夫联盟共和国是1992年
由塞尔维亚和黑山两个共和国合并而成，现已不存在，因
为黑山已于2006年独立。
　　萨格勒布城市由三部分组成：以教堂、市政厅等古建
筑组成的为上城区；广场、商业区、歌剧院等为主的称下城

身着民族特色服装的男女演员和游客们热情友好地交流

区；二战后为了适应城市的发展，又推出了一个现代新城区。今天，旅游业在克罗地亚经济中占有举足轻重的地位，官方资料显示约占 GDP 的 22%，这令我很是惊讶，因为这样的国民经济发展比例在世界上很少见（对此我有点存疑），当然，旅游业是萨格勒布城市经济的重要组成部分和外汇收入的主要来源则是毋庸置疑的。或许当地政府和市民都深知这个行业的重要性，所以萨格勒布的旅游环境相当不错，市民们对待游客非常热情友好，在圣·马克教堂广场上，很多身着民族特色服装的男女演员，和游客们交流时既坦率又真诚，对游客想与他们合影的请求也是来者不拒。从现代城市发展的角度上说，这也是城市居民应有的基本待客素质。

　　我对萨格勒布最初的了解是因为马可·波罗。

99％的中国人都认为马可·波罗是意大利人，因为他的游记是用意大利文写的，而且他还在威尼斯和热亚那的战争中被俘虏过（马可·波罗的游记就是在热那亚的监狱中完成的）。今天的威尼斯属于意大利，所以中国人就把马可·波罗"判"给了意大利，但实际上马可·波罗出生在克罗地亚的考尔楚拉岛，当时这地方属于威尼斯的地盘，可今

萨格勒布圣母升天大教堂建于13世纪，两座哥特式塔柱分别高104米和105米。

天这个岛位于克罗地亚境内。克罗地亚显然不愿把一个几亿中国人熟知的名人"为他人所占有"，所以就在萨格勒布建了一个马可·波罗的故居，故居有三楼，规模不大，但里面的陈设显示了马可·波罗当年的生活环境。

　　中国大陆民众现在到巴尔干半岛去旅行还不多，对那儿的总体情况还是比较生疏，但50后一代人对前南斯拉夫和铁托总统却是耳熟能详的，因为铁托不仅是那个年代的国际风云人物，也是前南斯拉夫共产党缔造者之一，而更为主要的是，铁托还是一位功勋卓著的反法西斯英雄，他在二战中作出的不二贡献是举世公认的。但铁托自己觉得功勋应该属于前南斯拉夫各族人民，他说："我们的胜利并不是一个民族的，而是南斯拉夫各个民族的胜利；新南斯

拉夫不是在谈判桌上建立的，而是在我国各个民族经受了四年之久的痛苦和磨难之中缔造的。"

1977年8月30日，铁托应中共中央的邀请访问中国，当时中南两国领导人友好会谈多次，接着我国多次派遣代表团去前南斯拉夫学习"社会主义市场经济的运作模式"，从社会经济所有制、农工商联盟、计划与市场关系、个人收入分配、利用外资，一直到来料加工、社会簿记制度等等，都给了中国学术界和国家决策层思维方式上不少的启迪。

扎达尔

中国大陆50、60后的生人大都稔知亚得里亚海，因为那儿有一盏"欧洲的社会主义明灯"。半个多世纪前，阿尔巴尼亚这个国家在中国大陆几乎家喻户晓，我们的父母辈，就是看着《海岸风雷》《宁死不屈》《广阔的地平线》等影片长大的。但现在这盏明灯熄灭已40多年了，现在的阿尔巴尼亚是欧洲最穷、最落后的国家之一，人均GDP在世界上排位百名开外，而亚得里亚海边的另一个国家，从前南斯拉夫分化出来的，独立不到30年的克罗

扎达尔的古罗马遗迹

地亚却一跃进入了准发达国家行列，她现在的人均 GDP 是
13000 美元出头，在世界上排名第 60 位，扎达尔就是这个
国家的热门旅游城市。

公元前 9 世纪，利布尔尼亚人在亚得里亚海边小岛
上建了一个居民点，有港口商业活动，有海上贸易往
来，还有小规模的市政建设，这可被视作是扎达尔的城
市雏形。但在历史文献的记载上，扎达尔曾是一个海盗窝
点，所以在很长的一个历史时期内，她没有列入正史的资
格。扎达尔真正发展为城市是在罗马帝国统治时期，当时
有像模像样的城市街道布局，市中心有一个广场和一个公
共浴池，还有一条长达 40 公里的供水系统，水源来自弗
拉纳湖，这些城市的基本建设，都是当时罗马帝国城市的
标配。

虽然是巴尔干地区著名的港口城市，但扎达尔并没有
发展成现代大都市，直到今天这座城市仍旧很小，面积仅
200 平方公里不到，居民也只有 8 万多一点，在我们中国大
陆充其量只能算是一个小县城，但就是这么一个小地方，
却每年吸引了全世界上百万游客的光临。扎达尔在世界上
享有历史名城的盛誉，只是我们中国大陆游客对他不甚了
解而已。

我个人认为扎达尔最著名的景点不是古罗马和中世纪
的遗存，而是亚得里亚海边巨大的海风琴，尽管不是古
迹，但它的神奇却是令人惊异——白色石阶下暗藏着 35 个
大型风琴管，每条风琴管都由一股空气鼓动，通过一条浸

入海水的塑料管道被海浪推入风琴管，海水涨落时会在风琴管中形成气压变化，音乐声由此而产生。这与苏轼在《石钟山记》中"空中而多窍，与风水相吞吐，有窾坎镗鞳之声"的描述异曲同工。

海风琴的设计者是尼古拉·巴希奇，据说他的灵感来自古希腊人发明的水力风琴。早在两千多年前，古希腊的工程师就研制出了由水力推动的风琴，中世纪的时候，水压风琴开始在欧洲流行，16、17世纪发展到高峰，当时很多国家的皇宫和花园中装置水压风琴属于一种时髦。

因为克罗地亚地处"欧洲火药桶"的巴尔干半岛上，所以千年以来战火不断，最近一次就是20世纪90年代初，克罗地亚为脱离前南斯拉夫而发生的战乱，当时克、塞两

在"海凤琴"上休闲的世界各地游客

族恶斗整整 5 年，其间扎达尔亦卷入其中，城市损失巨大，很多中世纪甚至是罗马帝国时期的古迹在战火中遭到毁坏。据当地人介绍，现在我们看到的很多中世纪的教堂，包括公元 9 世纪所建的圣多纳图斯教堂，还有达尔马提亚地区最大的圣阿纳斯塔西亚天主教堂等都是战后修复的。克罗地亚 2019 年上映了一部名为《将军》的传记片，影片主人公安特·戈托维纳将军一度曾被奉为是克罗地亚独立战争中的英雄人物，却因种族清洗罪被国际法庭宣布为战犯，但最后被国际刑事法庭宣判无罪（2012 年），安特·戈托维纳就是科托尔人。

因为俄罗斯世界杯，所以国人知道了克罗地亚足球的厉害，可鲜有人知道这个国家的水球、手球更厉害，都得过世界冠军，而克罗地亚的足球亦非偶尔爆冷，早在 20 年前就已取得过世界杯第 3 名了，当时这个国家还刚刚从战火中走出来不到 3 年，一个仅 400 万人口的弹丸小国，竟有如此体育成就，令人惊羡不已。

人们都说北欧人高大，但我觉得前南斯拉夫国家的人一点也不亚于北欧人，大街上、海滩边，1.90 米以上的男人，1.80 米左右的女人比比皆是。田径、游泳、大型球类等竞技体育项目，运动员的先天身材条件很重要，黑山共和国仅 60 万人口，也在伦敦奥运会上摘取女子手球亚军。20 世纪 70 年代，前南斯拉夫国家男子篮球队曾得过世界篮球锦标赛的冠军。

体育运动，是前南斯拉夫人生活的重要组成部分。

扎达尔大学的学生水球队在亚得里亚海里训练

斯普利特

我读欧洲古代史，很钦佩古罗马戴克里先大帝，因为这位平民出身的皇帝开一代先河，主动下位，以自身行为动摇了世袭制的基座。戴克里先的可敬之处还在于他为人处世的清醒——他禅让几年后，一群罗马参议员来到斯普利特，要求戴克里先重登帝位，以帮助帝国克服政治危机。戴克里先拒绝了，他对求见者说自己年龄大，精力不济，所以只想颐养天年，不愿再参与世间纷争。所以，不管后人以什么样的角度去诠释和理解戴克里先的言行，但从没人否认他的禅让对人类社会所产生的深远历史意义。

封建主义之所以为现代社会所唾弃，世袭制是主要原因之一。

戴克里先建造的宫殿，距今已有近 1800 年的历史，现在人们都称呼它戴克里先地宫，虽然号称地宫，但并不是埋在地下，而是比平地略低了约一米。地宫里阴暗潮湿，而且还"宫"徒四壁，连最简单的家用也没有，我觉得这符合历史事实，因为将近 18 个世纪过去了，里面的东西大部分像它的主人那样早已化为尘埃。但现在的戴克里先宫四周商业氛围浓郁，入口处各色商品琳琅满目，宫殿旁旅店、餐馆、咖啡馆遍布，一派现代商业社会的繁荣景象。从资料上了解到，戴克里先宫很大，有 3 万多平方米，而且它既是宫殿也是堡垒，因为它四周建有高达 20 米以上的厚重围墙。克罗地亚现有十处联合国教科文组织钦定的世界遗产，戴克里先宫是最早进入的三处之一（1979 年），另外两处是十六湖国家公园（自然遗产）和杜布罗夫尼克古城。

斯普利特现在是克罗地亚第二大城市，有 20 万左右的人口。中国游客听说号称一国榜眼之城仅 20 万人口，都会报之一哂，但他们有所不知，巴尔干半岛上的国家，除了个别首都，很少有超过 50 万人口的城市，他们那儿 5 万人口的城市，"行政级别"已相当于中国大陆的"地市级"了。斯普利特曾是前南联盟最大的客运和军用港口，前南联盟海军与亚得里亚海岸军区司令部就驻扎于此。当克罗地亚于 1991 年宣布从南斯拉夫独立出来时，这座城市曾发生了较大规模的战斗，当时的南联盟海军护卫舰"斯普

地宫里的戴克里先大帝半身塑像

利特"号向城市和周边地区发射了多枚炮弹，虽然城市的
损失不大，但也造成了一定的人员伤亡，而且老城中心也
遭到炮击，这是不可原谅的行为，因为老城与戴克里先宫
都是进了联合国教科文组织《世界文化遗产名录》的。

　　战争必然导致经济下滑，斯普利特也不例外，但这种
衰退在新世纪初被遏制了。因城市的区位优势明显，所以
斯普利特有很好的工业基础，不说门类齐全，但至少是品种
多样，造船、食品、化工、塑料、纺织、造纸等不下数十
种，但现在这些产业都已弱化和正在被弱化，城市发展模式
已转型为商贸和旅游，斯普利特现在是克罗地亚最重要的旅
游目的地之一。

斯普利特的竞技体育也值得一提，因为她盛产世界冠军，其中最著名的是前温网男单冠军戈兰·伊万尼塞维奇和马里奥·安契奇，还有 1968 年奥运会百米蛙泳冠军德拉加尼亚，以及女子跳高世界冠军弗拉希奇等。我翻阅资料得知，历年来站在奥运会和世锦赛领奖台上的斯普利特运动员有数十人。

斯普利特海港停泊的仿古三桅船

一个只有 20 万人的小城市，能产生这么多的世界冠军，我觉得有一点值得关注，那就是斯普利特市民对竞技体育和奥林匹克精神的理解。这座城市没有像中国大陆那样管吃管住的各级少体校，也没有靠国家财政供养的职业运动员，这些优秀的竞技体育运动员，少年时期都是在体育俱乐部里训练，但这训练都是自费的。当地的一位政府官员说，我们城市的经济能力有限，市民不可能同意在财政上拨出专款去培养运动员，他们能不能成为优秀选手，主要是凭他们自己对运动项目的爱好。

所以，体育活动在斯普利特、在克罗地亚不是一种经刻意培训后去争夺荣誉的集体行为，而是市民个体的一种生活方式，这是竞技体育中真正的奥林匹克精神，我们应该从中汲取经验。

杜布罗夫尼克

南欧城市的历史较北欧、西欧长，主要是地理位置使然。首先是南欧的自然条件优于北欧，古代人类的生存和生活受自然因素影响较大，所以，能否建城主要取决于气候和地形这两个客观外部条件；其次是受古希腊、古罗马的影响，南欧大部分地区的社会文明进程要早于北欧，这就从社会发展程度上决定了城市历史的长短。但现在北欧的社会发展平均水平要胜南欧一筹，甚至两筹，这在当下是个社会学研究的大课题，不是三言两语所能道明的。

中国大陆知道米兰·米利西奇这个名字的大概不会超过万人，但在克罗地亚却是个家喻户晓的人物，因为他是个极有才华的著名诗人，很可惜，1991 年在克、塞两族的武装冲突中，米兰·米利西奇不幸罹难。不仅如此，杜布罗夫尼克有一半的城市建筑毁于这次战火。前南联盟军队祸及平民的行为引起了国际社会的公愤，战后国际战犯法庭对肇事者进行起诉，负责战事的指挥官帕夫莱·斯特鲁加尔将军被判处入狱 8 年，因为他下令炮轰杜布罗夫尼克老城，这是一项不可宽恕的罪行。

世界上有两大文豪曾盛赞杜布罗夫尼克：一是拜伦，他称此城是"亚得里亚海边的明珠"；二是萧伯纳，他说"如果你想看天堂是什么样子，那么去杜布罗夫尼克吧"！虽然被两位大家称作是"明珠"和"天堂"，但杜布罗夫尼克是座袖珍小城，新、老两城居民一共才 4 万出头一点。

杜布罗夫尼克港湾

我估计中古时期的杜布罗夫尼克更小，因为那座绕城一圈的老城墙总长才3公里，试想一下，3公里的城墙能圈进去多少人物风情呢？但这块弹丸之地现在是亚得里亚海边最大的旅游中心和疗养胜地，她的旖旎风光和宜人气候，吸引着如拜伦和萧伯纳一样的世界各地旅游者。杜布罗尼克还以典藏丰富闻名于世，据说在圣方济各会修道院的图书馆里藏有3万卷图书和22件羊皮纸手抄卷，还有1500份极具历史价值的手写文献，所以杜布罗夫尼克在欧美享有"斯拉夫雅典"的美名，而这也从某个侧面佐证了拜伦和萧伯纳的赞誉不虚。

杜布罗夫尼克居民成分很复杂，有20多个民族，不同的民族有不同的宗教信仰，小小的城市里各种风格的教堂

杜布罗夫尼克的环城城墙

林立，罗马式、哥特式、文艺复兴式、拜占庭式，应有尽有，其中翘楚的是圣弗拉霍教堂，这是为了纪念杜布罗夫尼克城的守护神于18世纪修建的。但我最感兴趣的是尼克犹太教堂，历史文献上介绍说，这是欧洲第二古老的，而且至今还在使用的赛法迪犹太人教堂，它建于1352年，隐匿在杜布罗夫尼克老城很窄的一条小弄里，教堂旁有一户托雷迪诺家族，几百年来一直虔诚地看守着教堂。

你别看杜布罗夫尼克是个只有4万多人的小城镇，但却有一个国际机场，虽然没有铁路经过，但公路网却是四通八达。

科托尔

1991年开始，前南斯拉夫各加盟共和国分崩离析，最先离开的是斯洛文尼亚和克罗地亚，两国同时在1991年6月25日宣布独立，最后一个走的是黑山，2006年6月3日宣布独立。

黑山共和国很小，面积仅1.38万平方公里，约相当于两个上海市，人口 60 万，比上海任何一个区的人口都少。虽然大多数中国人对黑山这个小国很陌生，但对前南斯拉夫的影片《桥》却是耳熟能详，《桥》的拍摄地，就是位于黑山境内的塔拉河峡谷，而科托尔即是黑山境内的一个小城。

　　中国人一般都不知道科托尔这座小城，因为它实在太小了，据当地人口普查，这个冠以"市"的古城，居民仅 5 千多人，就是整个科托尔大区，人口也只有 2 万出头一点，在我们中国大概也就是一个小乡镇。但千万别小觑科托尔，这个芝麻大的小城不仅位列联合国教科文组织的世界遗产名录，而且 2020 年还被旅游权威杂志评为世界上必去的十大古城之首。

　　科托尔区虽然只有 2 万多点人口，但其人员种族的复杂性堪称世界第一。和杜布罗夫尼克一样，这小城内居住着 20 多个民族的人，除了穆斯林，还有阿尔巴尼亚族、罗姆族（吉普赛人）、俄罗斯族、意大利族、匈牙利族、日耳曼族、巴尔干埃及族等等。不要以为种族复杂，社会就有不安全因素，恰恰相反，因为每天从世界各地到科托尔城来旅行的人接踵而至，所以种族意识也因此被稀释了，人们都忙于接待游客赚钱，无暇顾及宗教信仰和意识形态的分歧。

　　科托尔是亚得里亚海岸中世纪古城原貌保存最为完整的城市之一，除了绵延 4.5 公里的城墙，教堂林立便是这座城市的特色，一个 5 千人左右的城市，竟有几十座教堂，其最年长者为 1166 年所建的圣特里芬大教堂，长者虽

科托尔湾深深嵌入内陆腹地，亚得里亚海湛蓝的海水环绕着在山脉之间，是黑山共和国最著名的景点和度假胜地。

德高望重，却并非掌门，公认的权威是圣特里普钠教堂——公元 809 年，威尼斯的商人从土耳其带回基督教圣者特里普纳的骸骨，船行至科托尔湾遇上风暴，商人们上岸并就地造了一座临时庇护所。怪事发生了，从那以后，每当科托尔人，特别是城里的土耳其人出海时，天气就会无端变坏。鉴于这种说不出缘由的奇怪自然现象，居民一致决定将特里普纳的骸骨就安放在科托尔，并尊奉他为城市守护神，神祇再次显灵，从此人们出海风平浪静，圣特立普纳教堂也就此成为科托尔城所有教堂中的领袖。实际上大部分科托尔人信奉东正教，根据最新统计数据，整个大科托尔区 23000 左右居民中，78％是东正教徒，而圣特里普纳是基督教世界的圣人，但作为城市守护神，不论东正教还是天主教，圣特里普纳是他们共同崇敬的圣者。

我回国已近 5 年了，科托尔的教堂、街道、广场在记忆中已开始模糊，甚至已分不清哪座是"圣特里普钠"，哪座是"圣特里芬"了，但有一座教堂上那面黑山共和国的国旗却印在了我的脑海里。

无论是从历史的角度去审视，还是从现实状况来定性，我认为巴尔干半岛都不能被认作是一个简单的地理概念，它更多的应该是一个地缘政治、或文化意义上的名词，因为民族恩怨、因为宗教冲突、因为文化差异、因为政治分歧、因为边界纠纷等一系列难以消弭的矛盾，更因为战略地位的重要性，使这一地区获得了"欧洲火药桶"的称号。

但是，千万不要因为巴尔干地区历史上的不平静，就对去那儿旅行产生心理障碍，实际上当地民族之间的不睦对游客没有丝毫影响，去巴尔干半岛旅行的人也从没发生过什么安全问题，相反，对巴尔干各民族友善的待客之道却是有口皆碑，因为好客在巴尔干是一种传统。迄今为止，我没听说中国大陆的旅行者对巴尔干半岛的旅游环境有什么非议。

科托尔城门的石匾和城徽之间镌刻着一行字：不要拿走我们东西，我们也不会拿走你们的——1944 年 11 月 21 日。

当地居民说这是铁托的原话，那一天，是铁托的军队把科托尔从纳粹铁蹄下解放出来的纪念日。

还有一点我可以告诉各位游客和读者，巴尔干半岛的自然风光绝对不亚于世界上任何一个地区，这也是很多人选择去巴尔干半岛旅行的理由之一。

我从博洛尼亚飞到罗马，转乘火车去科隆，火车站候车大厅是新建的，式样非常新潮，但就在这座现代化的建筑物旁，有一段破败不堪的残垣横亘在门首一侧，这如同华丽贵妇身旁蹲着一个风烛残年的耄耋老妪，两者反差有如天壤。一位当地人告诉我，这是古罗马时期的一段城墙，不允许任何人，以任何名目动它，而且为了让它免遭

残垣后面是建筑式样非常新潮的罗马火车站候车大厅

风蚀雨淋被毁坏，每年还要花费数量不菲的维护费。

　　尽管我知道这残垣的文物价值不可限量，但在我们中国，如此有碍城市景观的现象肯定是难以被接受的，在中国，任何一个城市的火车站，这样的"设计方案"，是百分百通不过的。

　　意大利国家立法保护历史文化遗产进行的较早，大约在 16 世纪就开始了，之后欧洲国家纷纷效仿，损坏文物古迹属于较为严重的犯罪行为，这在今天的欧洲已成为全民共识。

　　有一个历史故事我想在此说一下——1949 年后第一任苏州市市长陈其五（陈毅亲自任命的），此人只当了一天的市长，但就在这一天中，他发布的第一张，也是唯一的一张布告，就是呼吁和告诫全市军民保护苏州的各类文物，保护苏州的名胜古迹。

布告一经张榜，令行禁止。

我们年轻一代很少有人知道陈其五为何方人氏了，但在1935年的"十二·九"学生救亡运动中，他的名气很大，因为他是清华大学学生会主席，是运动的领导者之一，"华北之大，已经放不下一张安静的书桌"，便是出自陈其五之口。

这个故事，是上海大学教授邓伟志先生告诉我的。

北方佳丽

　　就像在冬季奥运会赛场上一样，北欧5国在社会经济发展水平上也是世界老牌劲旅，在达沃斯论坛公布的全球经济竞争力排行榜上，芬兰、挪威、丹麦、瑞典一直处于高位。在联合国开发计划署公示的人类发展指数报告中，北欧5国也始终位列前10名之内。无论从哪个方面去衡量，达沃斯论坛和联合国开发计划署，这两个机构还是具有相当的权威性，特别是在数据搜集和分析上的科学性和客观性，更是得到了国际社会的普遍认可。

　　除了上述两项指标外，还有很重要的一点，就是普通百姓最为关注的基尼系数（社会贫富差距），北欧始终保持在0.2—0.26的范围内，众所周知，这是一个全球公认的社会安定和良性运转的最佳系数指标。

　　多年来，北欧5国被国际社会冠以"三平社会"——平静、平安、平稳，国际社会，包括我国对此有颇多解读，毋庸置疑，这些解读都很专业，但就我在那儿居住了两年半时间的观察而言，这个"三平社会"主要还是基于以下两点：

一是从社会角度上说，北欧国民的生活观念正确。他们崇尚的是健康、友谊、信任、家庭等等，而不是对财富无休止的占有，这样的朴实民风就能聚集较高的社会正能量；

斯德哥尔摩市政厅，诺贝尔奖颁发地。

二是从国家层面上论，北欧五国设计了一套相对合理的，符合国情的行政模式，具体点说，就是以高效的强有力税收制度减小社会贫富差距，并从制度上尽可能有效地制约人性与生俱来的贪婪，以及由贪婪而派生出的恶念和罪行。

当然，这只是我的一孔之见。

北欧是世界上生活费用最高的地区之一，所以去那儿旅行的开销肯定也是水涨船高，但如果你把行程安排的尽可能合理，那么在性价比上就会有所受益。比如，你可以把丹麦作为北欧旅行的首发地，之后从哥本哈根直接飞到冰岛、然后挪威、瑞典、最后到芬兰，如果你有时间和兴趣，那么还可以从赫尔辛基乘船横渡波罗的海到爱沙尼亚

奥斯陆诺贝尔和平奖博物馆

的塔林，再顺势往南到拉脱维亚、到立陶宛，（均是申根协定签约国），这样把波罗的海三国一并带上，那就绝对不虚此行了。

我这是给背包族自由行驴友的建议。

瑞典篇

斯德哥尔摩

斯堪的纳维亚半岛上的夏天很凉爽，即便是酷暑时节，白天温度也大都在 25 度左右，入夜后一般是 15 度上下。我母亲来探亲的第一个晚上，临睡前她习惯性地去阳台关窗，我问她是否因为怕冷？她说不是。我再问她那为什么要关窗？她说这儿是二楼，又没装防盗窗，晚上不安全。我哑然失笑，指着对面的大楼对她说，你看这儿有哪一户装防盗窗的？连底层住户睡觉也不关窗，何况我们还是二楼？我母亲第一次来北欧，她不了解社会情况，这儿或许有抢银行的江洋大

北方佳丽

盗，但闯入普通民居行窃的小偷则是凤毛麟角。

社会安全系数，有时体现在一个细节上。

斯德哥尔摩有"北方威尼斯"的美誉，70 多座各具特色的桥，将 14 个岛屿和一个半岛连接成一座城市，她依偎在梅拉伦湖旁，就像一个风姿绰约的美人，典雅而高贵。从城市规模、人口数量、建筑风格以及历史演变来看，斯德哥尔摩更像是整个北欧的首都，挪威和芬兰人自己也承认，奥斯陆和赫尔辛基就是缩小了的斯德哥尔摩，当然，在城市建筑设计的风格上还是各有其特色。我在美因茨大学读博时，租赁的学生公寓坐落在一个居民小区旁，那个住宅区有几百幢小洋楼，但每幢楼的外形式样，包括庭院没有雷同的。

梅拉伦湖畔的斯德哥尔摩

体现独特个性，是欧美国家建筑设计的灵魂。

斯德哥尔摩的名胜有上百处，但我到达的翌日，就去瞻仰了市政大厅。每年岁末，这座大厅吸引着全球数以亿计的目光，因为年度诺贝尔奖获得者的授奖典礼在此举行（虽然文学、和平奖项有时会产生一点歧义、但90%以上还是得到举世公认的）。多年来，我一直认为阿尔弗雷德·贝恩哈德·诺贝尔堪称世界顶级伟人，他给人类社会留下的物质遗产和精神遗产，以及所产生的社会功效天下无双。诺贝尔奖对人类进步事业的推动，也是那些自封"伟大"、自诩"崇高"的政坛枭雄或商业大亨根本不能与之比肩的。诺贝尔是个化学家，用今天的话来说是个理工男，但他设立了文学奖，这种无与伦比的超凡视界，这种无人能及的深邃远见，足以令功利主义盛行的社会无地自容。人类可以没有航天飞机，可以没有火箭导弹，甚至可以没有人工智能，但人类不可须臾离开文字，没有文字就没有今天和今后的文明社会。试想，迄今为止人类所有的科学发现、科技发明，以及思想主义，精神信仰等等，最后不是都通过文字表现出来的吗？尽管我不

斯德哥尔摩街头的废物箱也很有艺术创意

能揣度诺贝尔设立文学奖的动机，但我能臆测诺贝尔一定深知"文学"对人类社会的不可或缺性。因为，文学是文字的最高表现形式。

走出斯德哥尔摩市政厅，我就赶往格兰德电影院，99%以上的中国人都不知这家影院，但在瑞典却是家喻户晓——1986年2月28日晚，当时的瑞典首相帕尔梅就是在这儿看完影片《莫扎特兄弟》后步行回家，在斯韦阿路的转角处遭一暴徒枪击后身亡（我多次记述这个故事，旨在希望人们理解社会平等的涵义）。今天，国人接受资讯的渠道已大大拓宽，见多识广的百姓对"国家领导人平民化"的事例已没有了新鲜感，但在35年前，一国的最高行政长官自己买票进影院可是大新闻。

在世界范围内，美国的社会平民化程度也不算低，但和北欧相比还是略显逊色。我知道这样一个小故事：瑞典已故国王古斯塔夫六世，常在清晨一个人牵着狗在街上散步。有一次，一个美国记者碰巧撞见国王，他惊奇地上前问道："陛下，您的警卫呢？"古斯塔夫六世愣了一下，随即同样惊奇地反问道："我自己散步，为什么要带警卫？"

落差，就反映在双方的这两句问话上。

我对瑞典有着"第二故乡"般的感情，这倒不是因为我在那儿生活了两年的缘故，而是她的公正、大度和客观感动了我——1949年中华人民共和国成立，西方国家敌视社会主义政权，所以在外交上都不承认中华人民共和国，只有瑞典特立独行。1950年3月，当时的瑞典外长致电中国外长，表示瑞典政府希望在平等、互相尊重主权和领土完整，以及遵循国际法惯例的基础上，与中华人民共和国建立外交关系。为了表示诚意，瑞典还在同一时间里和台湾国民党政权断绝了官方往来。随后进行的中瑞外交谈判相当顺利，两个月后便建立了大使级的外交关系。所以，瑞典是第一个与中华人民共和国建交的西方国家（第一个承认新中国的是英国，但中英正式建交是在 1972 年 3 月）。从更广泛的意义上来说，中瑞两国建交具有划时代意义，其影响既深远又广泛，而且建交后两国关系发展很稳定，半个多世纪以来，无论是在政治、还是经济、或是文化等领域内的交流合作，都处于良性发展的状态。

斯德哥尔摩大学

我的瑞典同学说皇宫附近有一座中国古宅，是属于康有为的私产。戊戌维新失败后，康流亡海外作环球旅行，他到了斯德哥尔摩后突施奇招，买下了皇宫附近的一个小岛，并在岛上建了一座中式园林，命名"北海草堂"。我想康有为在斯德哥尔摩斥巨资置业，一定是感受到了斯堪的纳维亚半岛的和平与安详，否则怎么可能在人地两疏且万里之遥的异国他乡购买不动产呢？但是很遗憾，我在斯德哥尔摩时一次也没去过"北海草堂"。

哥德堡

我在瑞典待了两年，却一共只认识两个城市：第一当然是斯德哥尔摩，第二便是哥德堡。

我了解哥德堡，要早于斯德哥尔摩。我在念大学时，仿古复制的"哥德堡号"曾按 18 世纪的原航线驶入广州，随后还造访过上海、香港、澳门等，这在当时属于轰动全球的大新闻，中瑞两国的最高领导人都莅临过"哥德堡号"的出航和进港仪式，央视科教频道拍摄的大型纪录片《追逐太阳的航程》，曾详细记载了这次航行活动的全过程。

200 多年前，船舶的动力水平还很低，所以"哥德堡号"从北欧航行到远东，大约要一年的时间，但"哥德堡号"冒着被惊涛骇浪吞噬的危险三顾华夏，足以说明东方对北欧人的吸引力之大，同时也证明了当时中瑞两国的经贸交往已相当成熟。可惜"哥德堡号"最后一次远航回国时触礁沉没，而且还是在距离母港咫尺之遥海面上。瑞典

《哥德堡号》起锚远航的码头

国家航海日志记载，当时"哥德堡号"船上装有茶叶、瓷器、丝绸等价值亿贯的中国特产700多吨。 20世纪80年代打捞"哥德堡号"沉船遗物时，发现在海底沉睡了200多年的茶叶竟然还能够饮用，广州博物馆里就有一包从"哥德堡号"船舱里打捞上来的茶叶。

1993年，新东印度公司筹划复制"哥德堡号"，瑞典举国上下热情爆棚，国王卡尔十六世亲任工程监护，据说这艘用18世纪工艺按原样打造的"哥德堡号"费用竟然高达3亿克朗（造一艘木船要花如此巨资，这让我有点懵），更奇葩的是，这艘木船还造了整整10年（工期如此之长，航空母舰都可以下水了）！

西方文明发轫于南欧，早先的北欧是蛮荒之地，起源于斯堪的纳维亚半岛上的日耳曼人被古罗马人贬称为蛮族，所以北欧地区的建城史也相对滞后，与"秦砖汉瓦"级的南欧城市相比，只有400多年历史的哥德堡还处于少儿时期。但在今天，一座城市在世界上的影响力和知名度，除了历史渊源，更多地还是要看她现在有些什么作为，哥德堡之所以名声远扬，除了那艘"哥德堡号"，还有一个响当当的商业品牌，那就是"Volvo"（沃尔沃）。

从目前全球的汽车市场行情来看，沃尔沃汽车不仅在我们中国，即便是在全世界，也是质量和性能优良的代名词。我曾看到过一个材料，美国公路损失资料研究所有一次评比世界上10种安全性能最好的汽车，结果各种数据表明，沃尔沃独占鳌头。试玉要烧三日满，辨材须待七年期。优秀商业品牌的诞生通常很少是一夜成名的，它必定

俯瞰哥德堡

有个"烧三日"和"待七年"实践过程。据说沃尔沃公司首批生产的轿车与美国同类车有过一次迎面撞击，结果就像拳击比赛中 60 公斤级和 90 公斤级的选手对阵，两者完全不在一个档次上。所以，沃尔沃举世公认的质量定位是在百年的"滚滚向前"中获取的，它不是突兀而起的暴发户（Volvo 一词在拉丁文中的直译即"滚滚向前"）。

虽地处北欧，但哥德堡属海洋性气候，夏天凉爽，冬季也不像斯德哥尔摩那样有长达半年的冰天雪地。我与几位同学在寒假里结伴去哥德堡，漫步于室外时也没觉得冷，几天住下来，感觉上天气状况有点像我们上海。

挪威篇

　　我以前一直不明白，诺贝尔和平奖为什么会放到挪威的奥斯陆去颁发？后来才知道，历史上挪威和瑞典曾是一个国家，挪威直到 1905 年才成为独立的主权国家，而诺贝尔奖首次颁发则是在 1901 年。当我站在奥斯陆"世界上最美海湾"的码头上，眺望不远处的奥斯陆市政厅时，我就更理解了奥斯陆为什么会有这么一份荣耀，因为撒落在那座建筑物上阳光是那样地和煦、那样地和谐，那样的和美……

　　奥斯陆的城市名，据说是 11 世纪时的海盗国王哈罗德·哈德拉德钦定的，但 1624 年的一场大火焚毁了大半个城市，重建后的奥斯陆更名为克里斯蒂安尼亚（丹麦国王的名

奥斯陆市政厅，诺贝尔和平奖颁发地。

字），这个城市名被沿用了 300 多年，直到 1925 年才重回
原名"奥斯陆"。因为背倚群山，面朝大海，自然地理位置
优越，所以奥斯陆城市的雄浑气势为世人所公认，伫立在
皇宫的小山坡上极目遥望，远处的霍尔门考伦山和近处的
奥斯陆峡湾交相辉映，旖旎风光令人心旷神怡。

　　我最先认识挪威，是一部名叫《月落》的电影，内容
是反映二战期间挪威人民如何抵抗德国纳粹的入侵，我还
背得出影片中的镇长上绞刑架前所说的两句台词： 独裁者
和他的走狗也许会赢得一场战役的胜利，但自由的人民将
赢得整个战争的胜利！

　　不过我有一点始终不明白，即二战时德国人侵占了挪
威，也侵占了芬兰，但夹在两者中间的瑞典怎么就安然无

恙呢？如果说瑞典中立国，那比利时不也同样是中立国吗？可纳粹的坦克不照样碾压了这个国家吗？我曾听一位同学说，瑞典曾是纳粹德国的"秘密合伙人"，我不知道他这是戏言还是历史事实。

我还有一点不明白，那就是著名的表现主义先驱，一代艺术宗师爱德华·蒙克，为什么会把奥斯陆描绘成了一个充满忧郁、没有活力、幽灵一般的城市？"街上的男人和女人都穿着黑色的衣服，脸色惨白，帽檐压得很低，如同活着的死人，由弯弯曲曲的路径走向坟墓"（或许这是画家不爱自己的家乡，移居到柏林去的理由）。但我现在见到的奥斯陆与蒙克的描述大相径庭——人们在露天酒吧中悠闲地

奥斯陆市民在伟人庇护下享受夏季阳光

喝着咖啡，奥斯陆大学门口的青年学生朝气蓬勃，街头的儿童脸上充满了无忧无虑和无邪，社会风气一派生机盎然。

　　奥斯陆虽贵为一国之都，但城市并不大，我沿着步行街一直走到挪威皇宫大概不到半小时。途经国家大剧院时，我在易卜生雕像前驻足良久，因为我不太明白这位被挪威人民视为国宝的戏剧大师，为什么在生活中会如此地刻薄和吝啬——易卜生年轻时在一家药房打工，与比他大10岁的女仆艾尔丝·索菲金斯达特私通，生下了一个男孩，取名汉斯·雅各布·亨利克森，但直到艾尔丝·索菲金斯达特双目失明凄凉地死去，易卜生从未支付过毫厘的生活费用。当身无分文的汉斯敲开易卜生的寓所房门时，易卜生被门前这个与自己"一模一样"的人惊呆了，他很不情愿地掏出5个克朗扔给汉斯后说：这是给你母亲的，它对你们来说已足够了。易卜生此时并不知道汉斯的母亲早已不在人世了，这是父子间第一次、也是最后一次见面。

　　实际上这位大戏剧作家腰包很鼓，要改善一下自己儿子的生活是小菜一碟，可他的悭吝堪比"阿巴贡"。易卜生整整40

国家大剧院前的易卜生塑像

世界上最美港湾（挪威人自诩的）

年不与父亲联系，也是因为父亲的贫困，他的弟弟奥勒·派斯是个灯塔看守人，用自己的微薄收入艰难地照料穷爹，但易卜生却从不给他们任何施舍。而且易卜生越富有，就越不愿意与穷亲人接触，我实在难以想象易卜生是怀着怎样的心情，构思剧中人物伪君子海尔茂的？

2009 年，联合国开发计划署公示，根据社会发展指数评比的排名，挪威荣登宜居国家榜首。

人民都是友好的：旅途速记之十一

奥斯陆到斯德哥尔摩有夜行大巴，晚上 9 点发车，凌晨 4 点到。因为属于国际长途，所以需要通关。我把三本护照递给通道门口那个又高又胖的海关女警，她在信息页和签证页上瞄了一眼就递给了我，接着用大拇指往里一指，头一偏，意思"请进"，前后不到一分钟。

排在我们后面有一对男女，从面相上看似乎是阿拉伯人，他们递上的是欧盟国家的居住证，那个海关女警横看竖看，随即又询问了好长一会，大概实在挑不出什么茬，所以也放行了。

这让我想起了几天前相同的一幕——我们乘长途大巴从布拉格去柏林，快到德国边境时，后面追上来一辆警车，上来一男一女两个捷克警察，他们挨个检查乘客的证件。轮到我们时，那个女警察也像这个挪威海关女警一样，只看了一眼信息页和签证页就把护照还给了我们，而大巴最后一排坐着四个中东国家的男人，男警察不但收起他们的居住证，还把他们叫下车站在路边，然后一边看着证件一边用手机打电话，似乎是在向有关职能部门核对证件上的号码。我等得有点不耐烦了，就下车去问那个男警察大概还要多少时间？因为我们到了柏林后还要赶往旅馆（旅馆距车站比较远）。男警察先是非常和气地请我们原谅，然后解释说仔细检查外国游客的证件是他们的职责。我突兀地冒出一句：那我们也是外国游客，为什么一会儿就完事了？那男警察仍是非常和气地说：你们是中国人，而且像你们一家三口，能到我们捷克来旅行，肯定不会是恐怖分子，也不可能是偷渡者，所以我们是不用担心的。

男警察的话使我心中的自豪感极度膨胀！

回到斯德哥尔摩后，我把这事告诉我的老师和同学，他们半真半假地说，那些警察都知道，中国大陆凡是来欧美旅行的游客，90％属于"上层社会"，所以是不会与"恐怖"和"偷渡"搭边的。

我听了有点纳闷：难道他们眼里，我们这样的家庭也属于是"上层社会"？

芬兰篇

芬兰是圣诞老人的故乡。

在北欧五国中，芬兰是唯一非日耳曼族的国家，这块土地上最早的居民是萨米人（或称拉普人），他们是斯堪的纳维亚半岛上的原住民。芬兰最初是瑞典的领地，在地理位置的划分上，芬兰不属于斯堪的纳维亚半岛，但它与瑞典那么"亲密无间"，且地形地貌又那么相像，所以老让我产生一种空间上的错觉，总有意无意地把它拽进斯堪的纳维亚半岛里去了。

芬兰国家的冰雪运动很厉害，在北京的冬奥会上，这个只有520万人口的国家冰球队打败了卫冕冠军、老牌劲旅俄罗斯而夺魁。

北欧五国的都城中，赫尔辛基最年轻，因为她成"市"仅 500 多年。十六世纪中叶，瑞典国王古斯塔夫一世为了和波罗的海对岸的塔林（今爱沙尼亚首都）争夺贸易而修建了一座城市，并命名为赫尔辛基。赫尔辛基在历史上一直是命运多舛，战争、瘟疫、大火，几次罹难，所幸最后还是顽强地活了过来。不过赫尔辛基成为芬兰的首都已迟至 19 世纪，当时沙皇俄国在北方战争中打败了瑞典，就把芬兰首都从图尔库搬迁到了赫尔辛基，沙皇迁都的意图路人皆知，就是为了把芬兰置于自己的势力掌控之下。

芬兰湾港口——我们就是乘坐远处那条白色大船，从塔林摆渡到赫尔辛基，航程约 2.5 小时。

赫尔辛基最有代表性的建筑是白色大教堂和岩石大教堂，前者始建于1852年，后者动工是1952年，前后正好相隔百年。欧洲的建筑成就，一大半体现在教堂上，所以享誉世界的教堂不胜枚举，除了最为著名的四大教堂，还有西班牙的圣家大教堂、英国的圣保罗大教堂、德国科隆大教堂、法国的巴黎圣母院等等，但当我见识了白色大教堂和岩石大教堂后，还是被其巧夺天工的构思所震撼。从规模上看，这两座教堂算不上宏伟，但在设计风格上绝对可跻身于经典。蓝天下的白色大教堂典雅清纯，气势超凡，据说赫尔辛基大学神学院每年在白色教堂举行隆重的毕业典礼，如果有谁想在里面举行婚礼，则要提前一年以上的时间预约。岩石大教堂则是建在一块掏空了的巨大岩石里面，这样的建筑艺术构思只有具备完全思想自由的大师才能有，而把教堂建在岩石中，也体现了芬兰人崇尚自然的审美情趣。

白色大教堂前的广场上竖着沙皇亚历山大二世的铜像，这位历史上最开明、被称作"农奴解放者"的沙皇当时兼任芬兰大公，他给芬兰以最广泛的自治权，所以芬兰人投桃报李，把首都或者说是

白色大教堂

岩石教堂不仅供游客参观，也可在里面小憩，因为那天我走累了，所以在里面睡了两小时。

全国最珍贵的两平方米土地奉献给了他。亚历山大二世对芬兰蛮大度，但对我们中国却是屡下狠手，在 1858 年至 1864 年间，通过《瑷珲条约》《北京条约》《勘分西北界约记》等，吞噬了中国 150 平方公里的土地。亚历山大二世在俄罗斯与彼得大帝和叶卡捷琳娜二世齐名，他一生躲过数次暗杀，但最终还是难逃厄运——当时刺客投掷的第一枚炸弹并没有伤及他本人，仅炸伤了卫兵和车夫，可是他不顾左右劝阻，执意下车查看卫兵和车夫伤势，结果刺客投掷的第二枚炸弹就在他脚下爆炸，亚历山大二世当日驾崩。

芬兰这个国家整体上的自然条件不算好，33 万平方公里土地有三分之一在北极圈内，高寒地带不要说居住条件，就是生存条件也受诸多钳制，所以芬兰520万人口的90％集中在南部地区，其中有十分之一强在赫尔辛基。但就是这么一个小国，却有着很多人不知道的强势，如果问世界上哪一个国家的竞争力最强，你或许会脱口而出美国、日本、德国等，但这不是标准答案，因为诠释这个问题最具权威的世界经济论坛公示，芬兰才是全球最具竞争力的国家，因为芬兰有好几项关键的数据名列榜首，国家的教育系统全球第一，学生的阅读能力、科学素养全球第一、互联网、移动电话普及程度全球第一、可持续发展能力全球第一、数学水平全球第二……，美国的信息产业很强大，但第一个进入信息化社会的是芬兰。

　　芬兰的国民幸福指数连续5年排名世界第一。我有一芬兰闺蜜，原来是个驻华记者，但她结婚后一连生了3个孩子，所以就在家当起了全职太太，因为国家发给的生活补助，几乎超过了她的工作薪酬。资料显示，芬兰国家预算的30％被用于社会福利，据统计，每个芬兰人24岁之前，花费国家16万欧元以上。现在人们都把北欧国家的社会福利保障称之为"从摇篮到坟墓"，这让不少国家的国民很羡慕，但我总觉得这里面也有弊端，因为没有生活压力，会使有些国民，特别是年青一代产生惰性，失去进取心，长此以往将产生社会负面效应。当然，这只是我的个人观点，究竟利弊如何，我一时也说不出个子丑寅卯来。

　　我第一次踏出国门就是到的芬兰——2007年，我作为

　　芬兰朋友告诉我，这原本是一所监狱。把监狱造得如此有艺术，体现了芬兰人的创意水平。

南京大学和约恩苏大学的交换生在芬兰学习和生活了半年，我对北欧的好感就是始于约恩苏，因为周边那种安静祥和的环境让人感到一种心灵上的舒坦，但我在芬兰虽然生活了半年，却一直窝在约恩苏没动弹，所以我这也是第一次光顾赫尔辛基。

丹麦篇

　　斯德哥尔摩、哥德堡、奥斯陆、赫尔辛基，我都是 2011 年去的，但哥本哈根却是相隔 4 年后才有幸前往。

　　我从法兰克福坐火车去哥本哈根，这是我在欧洲乘火车旅行中最拥挤的一次，车上的空位不到 10％，但之前我在欧洲乘坐过的火车，一节车厢能有 70％的乘客已属人丁兴旺了，多数时候稀稀拉拉的仅几个人，有好几次偌大的车厢内不到 10 个乘客。所以有过乘火车旅行经历的中国游客都说，在欧洲乘火车旅行是一种享受，但这次去哥本哈根不像以往那么舒服，当然，比起国内的火车客运来还是有要好很多。

　　联合国人居署曾给了哥本哈根两项桂冠，

丹麦的国家象征美人鱼

一是"最适合居住城市";
二是"最佳城市设计"。

　　从理论上说，我们不应该质疑哥本哈根所获得的两项荣誉，因为世界上最具权威机构的评选，肯定具有较为健全的量化标准。但在现实中，我还是难以置信，因为在哥本哈根不到 100 平方公里的土地上，聚集了这个国家 30％的工业，而且还都是些大型企业，冶金、化学、造船、机械、电子等，这样的城市，怎么可能做到"最适合居住"呢？我私下猜测只有在一种情况下成立，那就是这个城市的环保能力，特别是企业治污能力具有世界顶尖水平。所以，2009 年联合国世界气候大会在哥本哈根举行，或许就是对哥本哈根荣获这两项桂冠的一种间接形式的认可。

　　我建议上海环保部门去哥本哈根做一次认真、细致、全面地考察，取些真经回来。

　　多数中国人对哥本哈根的了解，肯定是美人鱼和安徒生，因为这不仅是哥本哈根的城市象征，同时也是对世界文化的贡献。实际上哥本哈根还有好几处经典名胜，只是不经提示而被忽略了。比如莎士比亚和他的《哈姆雷特》

在中国家喻户晓，但这个故事的发生地克伦堡宫却鲜为人知，丹麦有句俗语"驶向克伦堡"，寓意就是回到祖国，可见这座古堡在丹麦人心中的地位。克伦堡宫外竖有莎士比亚的雕像，宫内陈列有四个世纪来历次公演的剧照，据说每年夏天克伦堡宫都要举办包括《哈姆雷特》在内的盛大公演和别的一些文化活动。《哈姆雷特》问世已 400 多年了，但仍在世界各地的剧院中上演着，我想这或是经典艺术的魅力和永恒性之所在。莎士比亚为两个城市的旅游做出了举世无双的贡献，除了丹麦的哥本哈根，还有就是意大利的维罗纳，因为一出《罗密欧和朱丽叶》，使得维罗纳几乎日日游人如织。

阿美琳堡王宫

来到哥本哈根，不能不提一下量子力学三巨头之一的尼尔斯·玻尔和他创立的哥本哈根学派（今年是哥本哈根学派创立 100 周年的纪念日），就是这位丹麦籍的犹太裔物理学大师，在第 5 届索尔维会议上，与另一位犹太裔的物理学泰斗爱因斯坦进行了一场关于量子力学的世纪大辩论，这场大辩论因其在现代物理学上的重要性而被载入史册。哥本哈根学派秉持的谦虚、坦率、热烈、自由、平等的学术讨论宗旨，后来演绎成了一个专有名词"哥本哈根精神"。一个世纪以来，由玻尔创立的哥本哈根学派在专业领域内硕果累累，才俊辈出，不仅诞生了包括玻尔在内的10 多名诺贝尔奖得主，而且还培育了数百位世界顶尖水平的科学家。

哥本哈根大学

北欧五国我涉足四国（没去冰岛），而且除了四国的首都和哥德堡，我没到过别的城市，严格地说是不敢去，原因是那儿消费指数令我望而却步。举案两例：斯德哥尔摩步行街上的华人餐馆里一盘水饺10只，售价85克朗（2011年的瑞典克朗与人民币的比值基本维持在1：1左右）；在哥本哈根，我曾住过一间平生借宿过的最小的旅馆房间（约6平方），750克朗一晚（2015年丹麦克朗与人民币的比值基本维持在1：0.95左右）。

　　这样的物价，使我不敢四处乱逛了。

　　我们这次去哥本哈根来回全程都是坐火车，从美因茨出发，一路北上，途经波恩、科隆、不莱梅、汉堡，然后穿越费马恩海峡到达哥本哈根，回程中又在品贝克停留。

哥本哈根火车站

这是一条很有历史人文底蕴的旅行路线，对喜欢自由行的背包驴友族来说，是一个很好的选项（在德国乘火车签票很方便，所以我们在科隆、不莱梅、吕贝克、汉堡都下车停留，时间长短也可随己愿）。

波罗的海三国篇

我在葡萄牙的里斯本大学参加学术研讨会时，有一次在餐桌上和该校的一位教授闲聊，她告诉我，上星期她刚从波罗的海三国旅行回来，紧接着随口说了一句：这几个东欧国家的风光不错。我说我也去过波罗的海三国，但我觉得就地理位置而言，爱沙尼亚更靠近北欧，所以它应该不属于东欧国家。这位教授晃着脑袋一连说了几个"不"字，然后用不容争辩的口吻说爱沙尼亚以前属于苏联，所以应该是东欧国家。我明白了，她这是按照地缘政治归类。后来我还了解到，很多欧洲人，特别是在政治层面上的人，和她的看法几无二致。

但是我在波罗的海三国旅行时发现，那

儿的民众似乎并不同意二战前后地缘政治的历史，他们认为自己是独立国家，之所以加盟苏联，那是因为受到了邻国的侵略，特别是爱沙尼亚，甚至觉得自己在地理位置上也不是东欧国家，塔林自贸市场上一个年轻的女杂货物摊主，用斩钉截铁的语气向我宣称：爱沙尼亚自古以来一直是北欧国家！

因为女货物摊主不容置疑的"宣称"，所以我就把波罗的海三国篇置于"北方佳丽"了。

维尔纽斯

我猜想90％的国人，包括很多受过高等教育者，对波罗的海三国的国情知之不多，我有次在讲课时说到维尔纽斯，席中有学生脱口而出：老师，这是哪个国家的城市？我当时真想给他普及一下地理常识，但大雅之堂上容不得我耗时，所以只好戏言道：你回去后查一下欧洲地图，权且当作是再上一堂世界地理课吧。

城市的行政归属纷繁复杂，是维尔纽斯 800 年城市历史进程中的常态，因为政治的、经济的、军事的等原因，维尔纽斯城头上屡屡变幻大王旗，波兰、俄国、德国都曾是这座城市的发号施令者，其间虽然也曾有过独立行政的短暂光阴，但多数时间受制于他人。直到 1991 年，波罗的海三国脱离前苏联独立，维尔纽斯才又恢复了她作为独立国家首都的地位。立陶宛现代有一段灰色历史，那就是二战时被德国占领期间，有一部分立陶宛人附逆，主动加入纳粹军队对苏作战，其性质就像中国抗日战争时的伪军。

中国驻立陶宛大使馆在一条较为僻静的街上

更为前苏联所耿耿于怀的是，直到战争结束，还有部分叛逆者拒不投降，在丛林中打游击负隅顽抗。现在波罗的海三国和俄罗斯的关系也是负多正少，在国际政治舞台上经常和俄罗斯唱反调。当然，波罗的海三国敢叫板强邻，背后有大佬撑腰是举世皆知的事实。

维尔纽斯是欧洲最大的巴洛克建筑风格的旧城，城内有 1500 多座各个时代的建筑物，整座城市是联合国教科文组织命名的世界文化遗产。我在维尔纽斯只停留了两天，其中有半天时间是在克格勃纪念馆里度过的（因为内容太丰富）。馆里史料记载，1940 年苏联红军开进立陶宛后，克格勃的秘密警察曾一次性地解决了 2000 多名立陶宛知识分子。二战前夕，波罗的海三国有 30 多万社会各阶层人士，其中大部分是知识分子，被放逐到西伯利亚劳改，当时三个国家总共才 600 万人不到，也就是说，每 20 个人中就有一个受害者。我在纪念馆里观看杀人现场的录像——行刑者从受害者后脑开枪，立马血浆迸飞，令人毛骨悚然，害得我一连几天食欲不振。

立陶宛人对苦难的记忆铭心刻骨，因为几乎每个家庭都有成员被杀害、被劳改或被失踪，尽管现在的立陶宛人（主要是政坛上的），仍对俄罗斯抱有一定程度上的偏见，甚至是敌意，但普通民众对历史还是持有理性认识，纪念

立陶宛前克格勃大楼，现在被辟为纪念馆。

馆里的讲解员在介绍完毕后对我们说："仇恨可以消解，但苦难不能忘却，否则就对不起受难者，今天陈列这些历史，不是为了挑起仇恨，主要是为了教育后代。"

这个讲解员很年轻，看上去不会超过 25 岁，但能说出如此有水平的话，真让我刮目相看。

列宁说：忘记过去意味着背叛！普希金说：心儿永远向往未来！我觉得那个讲解员的话，是对两位伟人之言非常合乎历史发展的一种诠释。

维尔纽斯的自由市场值得称道，因为之前我从没见过那么安静祥和、那么秩序井然的自由市场——无论是卖花的小摊位，还是卖菜的小地铺，商贩们都静静地或站着，或坐着、或蹲着，既不吆喝也不叫卖，买卖双方货币交换时也都是轻声细语，这样的自由市场，当然也就用不着"城管"。我看到一高一矮两个年轻人在出售一小罐新鲜牛奶和一小瓶蜂蜜，就上前与之攀谈。小伙子很热情，也很友好，虽然英语水平很有限，但有问必答。我猜测小伙子的友善是"人以稀为贵"的缘故，因

维尔纽斯大街上的自由市场。我拍完照后，与中间两个正在出售牛奶和蜂蜜的小伙子攀谈了几句，并买下了他们的牛奶。

为对立陶宛人来说，中国人是稀客。果然，临别时小伙子对我说，我们以前很少见到中国人，难得来几个游客，也不会到自由市场来。

在中国大陆的有些城市，一说到自由市场，市民们就把它与"脏乱差"划等号，还有就是理解为城管大队与小贩们斗智斗勇的战场。多年来城市管理各方不可谓不努力，但不知为何一直没有妥善解决和处理好这一矛盾。现在"城市文化"一词盛行，朝野上下天天在"大力倡导城市文化建设"，但我总觉得城市文化就像是爱国主义、民主法治、平等自由等一样，是深入国民骨髓中的、根深蒂固的一种观念和生活方式，不是靠"大力倡导"或"加快落实"而能一蹴而就的，它需要几代人的努力积累才能有效果，这是我在维尔纽斯的那个自由市场上得到的一点感悟。

一个逝去时代的痕迹

我以前只知道立陶宛的篮球很厉害，前苏联的国家篮球队队员有一半来自立陶宛。当年世界第一中锋萨博尼斯、中国国家队的前总教练尤纳斯等，都是一个时代耳熟能详的篮坛大亨。到了立陶宛我还了解到，在这个不到280万人口的蕞尔小邦里，竟注册登记有三十几个政党！

人民都是友好的：旅途速记之十二

维尔纽斯克格勃纪念馆工作人员的待客之道令人感动——参观纪念馆是要买门票的，成人6里特，学生减半。但因为我们从华沙过来时乘坐的是夜行大巴（晚8点出发凌晨6点到），下车后一路急急赶到纪念馆，时间太早，货币兑换处还没开张，所以拿不出里特购买门票（当时立陶宛不是欧元区）。我问纪念馆的售票员，能否用欧元或美元付门票钱？她笑着摇了摇头。我再问能否刷卡？她还是摇摇头。 我们只好失望地准备离去，想去寻找银行兑换货币后再来。

这时走过来一位三十多岁模样的女士，她上来问我：你们是中国人?我回答是，并告诉她我们来自中国上海。她马上说： 你们是远道而来的客人，而且又来自中国上海，你们可以免费参观。我大喜过望，连声道谢。这女士的英文水平很好，但我不太明白她说的"而且又来自中国上海"是何意思？我猜测大概是因为上

维尔纽斯大教堂前广场上的钟楼，风格别致，游客可以上楼，但要买票。

海刚举办过世博会，所以在世界上的名声得以加分了。我们进展室门口前，讲解员告诉我们这位女士是纪念馆的馆长，接着说这个纪念馆一年中也没几个参观者，馆长和她都是第一次碰到中国游客前来参观，所以既好奇又高兴，也许是这个原因，所以馆长就破例免费邀请你们进来了。

讲解员说的情况属实，因为我们在纪念馆里转悠一上午，没见到有别的参观者进来。

里加

华沙开往维尔纽斯的国际大巴是夜发晨至，因为是晚上，所以一路上什么也没看见。我们从维尔纽斯到里加，乘坐的同一公司的大巴，但因是早晨 8 点发车，故大道两旁的旖旎风光尽收眼帘。

里加是波罗的海三国中最大的城市，所以人气比维尔纽斯旺多了。前天我们到达维尔纽斯时正逢星期天，而且是清晨，所以马路上空空如也，想找个问路的人都无法遂愿，但里加的大街小巷人流熙熙攘攘，我借宿的那个民宿周边咖吧、饭馆、超市遍布，老城新城都是一派繁华景象。波罗的海三国总人口才 700 万，里加一城即有 70 多万，占十分之一。

里加老城里有两大地标：一是自由纪念碑，是拉脱维亚的国家独立和主权的象征，此碑建成后 70 多年来，一直伫立在老城和新城的交界处，前苏联时期，当局曾几次想拆除自由纪念碑，但最终因顾虑会引起强烈的社会反响而

自由纪念碑

搁置；

　　二是老城中最漂亮华丽的建筑物黑头宫。600 多年前，拉脱维亚有一个行会组织"黑头兄弟会"（爱沙尼亚也有），成员是一群在里加做生意的德国人，为了有一个组织聚会和娱乐的场所，黑头兄弟会就建了这座黑头宫，但这个行会有一个奇怪的入会规定，即入会者必须是年轻未婚者。我们在黑头宫留影时，一位当地人上前来告诉我们，现在这座黑头宫是假文物，是 10 年前为了纪念里加建城800 周年时重建的。我问她原物的在哪儿？她说原物在二战时被德国人炸毁了，留下的废墟在前苏联时期也被荡涤得一干二净。我一下醒悟，怪不得黑头宫的房子外表这么新

黑头宫

鲜光亮，因为屈指算来，黑头宫应该有近 700 年的历史了，这样的古建筑，再怎么维护保养，应该是尽显老态的。

众所周知，博物馆是典藏人类文明的殿堂，也是民族精神和优秀文化的集中展示，世界各地的博物馆都是通过对文物的收藏和研究，以达到对人们进行知识、技能和人文精神等方面的教育，而城市的博物馆不仅城市的文化名片，它还是一道不可或缺的人文景观。在里加的"国家悲惨时期纪念馆"里，展示着大多数中国人所不知道的历史记载，馆中史料详尽地记录了拉脱维亚当年在德国法西斯和前苏联压迫下所发生的悲惨实况，在半个多世纪中，有将近 10 万拉脱维亚知识分子和平民被杀害。

我们这一代人，生长在和平年代，不理解政见分歧竟会产生如此残酷和野蛮的激烈对峙，所以我对纪念馆中的内容感到有点惊诧和不解，但对我父母一辈来说，这种场面在一些政治运动中曾亲眼目睹过，所以是见怪不怪。里加"悲惨纪念馆"不需买门票，门口有一参观者自愿捐款的玻璃箱，我看里面已有很多世界各地的货币，至少有几十种，我父亲也捐了50元人民币。

我还是忍不住要赘言一下里加的农贸自由市场，因为那是一个我此生所见到的最大的集市，但不是露天的，而

国家悲惨时期纪念馆

是在四座拱形的，堪比足球场的硕大棚屋内（据说以前是飞机机库）。尽管大，但却一点也不嘈杂，和我在维尔纽斯所见到的一样，小商贩们的穿戴都是干干净净的，买卖时待人接物也显得很有教养。市场里的蔬果肉类禽蛋都很便宜，紫色樱桃每公斤 2 欧元，按 2011 年的比值相当于人民币 18 元，我母亲说这样的樱桃在上海，每公斤至少要 60 元人民币。

欧洲国家的很多城市，都有一个老城和一个新城，保存老城，是为了文化传承；另辟新城，则是为了适应现代生活。里加也不例外，老城在道加瓦河右岸，保留着中古时代的城市风貌，新城坐落在运河河湾，全城绿荫浓郁，花丛遍布，被誉为"欧洲美人"。老城和新城，虽形态和风格迥异，但却是交相辉映，相得益彰。我认为这一点，很值得正处于快速城市化进程的中国大陆借鉴。

塔林

作为一国之都，塔林实在是太小了，只有 40 万人口，大概还不及中国大陆的一座小县城。

我对塔林的兴趣甚于维尔纽斯和里加，因为有件往事搁在我心里——我的一位朋友对我说，芬兰湾沿岸的三个著名城市，圣彼得堡，赫尔辛基和塔林，她都去过了。当时我很羡慕，心中暗忖有朝一日如有幸能步她后尘，也算是人生一大快事，没想到两年后便心想事成了（我们在塔林游玩结束后，就乘船渡过波罗的海到了芬兰的赫尔辛基）。

　　塔林和维尔纽斯、里加一样，也是一座建于中世纪的城市，所以城内的房屋、街道和广场等，都体现了那个时代的建筑风格，漫步在鹅卵石铺就的蜿蜒小巷间，有种"曲径通幽处"的感受。和比利时的布鲁塞尔一样，塔林老城也分上城和下城，上城是高档社区，是权贵们的居住地；下城则是平民住宅区，栖居着商人、工匠和城市平民等，但市政厅和广场也位于下城，看来当时的城市管理者和商人的地位不如现在吃香，他们的地位和城市平民几乎同等。

　　塔林老城最壮观，最富有时代感的是城墙和塔楼，城墙原来有 24 公里长，塔楼有 46 个，因战火已毁坏了一部分，现在保存有近 20 公里的城墙和 20 个塔楼。

　　看到塔林的古城墙，我想起了当年梁思成老先生四处奔走呼号，请求保存北京古城墙，但人微言轻，终究扛不住长官意志，北京古城墙还是悉数被"扫进了历史的垃圾堆"。前些年，有关部门从民间征集北京老城墙的旧砖，重砌了长约 400 米的一段城墙，并命名曰"北京城墙遗址公园"，如此折腾令人发怵，早知今日何必当初呢？上海世博会期间，国家相关部门的一位高层领导对古迹曾有过一段非常恰当的评说：对街区古建筑的维修保护，就像补牙齿一样，什么地方坏了，哪颗牙齿有洞，就予以修补。而我们许多地方的老城改造，往往是把一口牙齿不论好坏统统拔光，然后镶上两片假牙。这样的操作确实省力气，但把

塔林老城，远处红色尖顶即古城墙的塔楼。

城市所有的宝贝都毁了，建起来的却是垃圾。

塔林老城内有一个"国家被占领时期博物馆"，内容和维尔纽斯的克格勃纪念馆及里加的悲惨纪念馆大同小异，都是展示国家被异族统治期间所遭受的凌辱和苦难。塔林的这个博物馆要买门票，成人 2 欧元，学生 1 欧元。我去波罗的海三国是 2011 年，当时只有爱沙尼亚加入了欧元区，立陶宛和拉脱维亚都还在用本国货币。

因为历史上有两次被强邻俄罗斯吞并，所以爱沙尼亚人对俄罗斯抱有根深蒂固的成见。爱沙尼亚的议长亨·珀吕埃斯在 2020 新年贺词中说：爱沙尼亚和俄罗斯两国存在的领土争端应该按《塔尔图和平条约》执行。更牛的是内政部长马特·赫尔梅，他竟然公开出言不逊：我国还有很

塔林老城入口处碉楼

大一部分领土被俄罗斯占领着，但俄罗斯既不想归还，也不愿赔偿，甚至还不与我们讨论这事，爱沙尼亚希望解决这一领土问题，否则将不惜采用战争手段！一个仅 130 万人口的弹丸小国竟敢叫板庞然大物俄罗斯，真不知他们哪来的这么大勇气？

《塔尔图和平条约》是 1920 年爱沙尼亚和前苏联签订的协议，这个条约里面说到俄罗斯的列宁格勒州和普斯夫州的部分领土属于爱沙尼亚，面积大约有 2000 平方公里。

最后也说一下塔林老城里的自由市场，除了与维尔纽斯和里加所共有的特点之外，塔林的自由市场还有一个特色就是美女如云，那些小摊上，卖坚果的、卖点心的、卖各种饮料的姑娘，在中国都是干演员和模特的料，而且这些年轻靓丽的少女待人接物很有亲和力，她们不厌其烦地请你品尝食物，不管最后你买不买，她们始终面带彬彬有礼的甜美笑容。我和母亲在一个卖坚果的摊位前品尝葡萄干，摊主见了，竟然把十几个品种的干果用纸各包了一点请我们品尝，她这种"高明行销手法"，收到了立竿见影的效果，不但我们当场掏腰包消费，而且在一旁的几个顾客也纷纷"解囊相助"，弄得那个摊主朝我们连着两次伸大拇指以示感谢……

我的德国同学对我说，苏联解体前，因为签证等关系，所以很少有人到塔林那种地方去旅行，那儿的旅游业，也是爱沙尼亚国家独立后才兴起的，满打满算还不到20年，所以见到你们亚洲人，特别是中国人，他们当然很高兴，那位摊主能包了十几种干果请你们品尝，肯定是只有你们才有的待遇。我觉得她的奉承有点道理，因为我在欧洲的旅行途中，特别是那种小众的旅游景点，总觉得自己被关注的程度明显高于欧美游客，人们也愿意和我们交流，即便是比较矜持的北欧人、西欧人也不例外，只要你自己没有心理防线和心理障碍，都能体会到"人民都是友好的"那种感受。

波罗的海三国总面积不到18万平方公里，与广东省差不多。在18世纪到20世纪长达200左右的时间里，这三个国家一直匍匐于俄罗斯的脚下。第一次世界大战后曾独立，但好景不长，二战前再次被苏联占领，二战时又被德国法西斯占领。1989 年 8 月，为与苏联切割，波罗的海三国约有 200 万人手牵手，组成一条长度超过 600 公里的人链，号称"波罗的海之路"，当时三国总人口仅 700 万，所以，完成这样的壮举应属动用举国之人力了。我去的那一年，正好是波罗的海三国与苏联正式脱钩 20 周年的日子，但没见到有什么社会纪念之类的活动，一派"时光永是流逝，街市依旧太平"的景象……

小杂货摊摊主是位身高 1.75 米左右的大美女，就是她，用斩钉截铁的语气向我宣称：爱沙尼亚自古以来就是北欧国家！

我第一次环欧旅行是在 2011 年夏，两个月中逛了 20 个国家，其中波罗的海三国给我的印象最深，因为有两个内容至今镌刻在了我的脑海里，一是看到了这三个小国的另一种历史记载；二是见识了祥和平静且极具亲和力的自由市场。

当今世界第一支柱产业是什么？不是汽车、也不是石油和天然气，更不是军火、生物医药、电子产品等，而是很多人不曾想到的旅游，对，是旅游！根据世界旅游理事会（WTTC）所公示的资料显示，早在 20 世纪 90 年代初，国际旅游在世界出口收入中所占比重就已达到 8.25%，而当时的石油出口收入是 6.5%、汽车出口收入是 5.6%，机电出口收入是 4.6%，其他行业更是等而下之了。30 多年来，旅游第一支柱产业地位始终岿然不动，现在，旅游业产值占全球 GDP 的比重在 11% 左右。

旅游，在我国相当长的一个历史时期内，属于是小众的社会活动，改革开放前，它的产业地位排不上号，就经济效益论，旅游甚至还不能算是一个产业。由于时代的进步和社会的发展，我国的旅游业在短短数十年内有了飞速发展，近几年更是狂飙突进，现在已毫无争议地跻身于支柱产业行列。但是因为起步晚，所以和业内龙头国家相比还存在不小差距，欧洲国家的旅游业产值在 GDP 中占比一般都保持在 10% 左右，而我国现在是 7% 不到（新冠疫情特殊期间不可类比），这就像我国的 GDP 一样，在总量上是全球排名第二，但人均排名却在世界 60 名左右徘徊。

我国是旅游资源的超级大国，在联合国教科文组织公布的世界遗产榜单中，我国以 56 个独占鳌头（文化遗产 38 项，自然遗产 14 项，文化与自然双重遗产 4 项），由中华人民共和国文化和旅游部设定的 5A 级景区 300 多个，4A 级景区超过 4000 多个，拥有如此丰厚庞大的旅游资源，我们应该有理由相信，在不远的将来，旅游业产值在 GDP 中占比是能达到甚至超越 10% 的。

但愿目标能早日实现！

人民都是友好的
（代跋）

　　2011年夏，我陪父母去希腊旅行，在爱琴岛上的一个海边咖啡吧小憩时，邻桌的一对外国老夫妇主动友好地向我们颔首致意。见此情景，站在一旁的酒吧招待轻声给我们介绍道："这两位老人是富豪，他们在岛上有一个很大的庄园，但生活既俭朴又有规律，早上养花种菜，下午泡海水浴，随后来这儿喝杯啤酒或咖啡，一直坐到傍晚回家，整个夏天他们几乎天天如此。"

　　我向老夫妇回礼，并对他们悠闲惬意的生活方式表示了钦羡之意。富翁侧过身对我说："如果你和你父母愿意，现在就

可以去参观一下我们生活的小天地。"老人的邀请大大
出乎我的意料，因为按照我对欧美人的了解，他们通
常是不会邀请初次见面的陌生人到家里做客的，更何
况我们还是外国人。

　　尽管我们很想前去一睹他们的庄园，但是很遗憾，
因为再过两小时，我们要乘返程轮渡回雅典，所以我婉
言谢绝了。

　　"那你们可以明天来"。老妇人在一旁再次邀请。

　　"明天凌晨我们将离开雅典飞往巴塞罗那了"。我
回道。

富翁夫妇与我父母合影

老妇人略微流露出一些失望的神情。她顿了一下说："我去过巴塞罗那，那儿的人很友好，希腊人也很友好，你们中国人也很友好，他们叙利亚人也很友好（她一指那个酒吧招待，后来我知道他是偷渡的难民），人民都是友好的，社会上坏蛋只是一小撮！"

多年来，我不止一次地听到去欧洲的旅行者说自己或他人所遇到的种种不测，但不可思议的是，我在欧洲求学生活了6年多，每逢寒暑假还在大城小镇、乡间野地穿梭旅行，却从没碰到过一次险情，而且还很多次享受了"人民都是友好的"那种温馨——即便是在拥入百万难民的南欧和西欧，即便是在刚刚摆脱了前苏联高压威慑的东欧，即便是在战火刚熄的巴尔干半岛，我见到的和交往过的欧洲人，大都是热情和友好的，而碰到的善意之为也不胜枚举。

当然，我知道那些在欧洲旅行时遇到险情的亲友所言属实，因为世界上凡是有人居住的地方，都有好坏两种人，但我总觉得旅欧亲友所遇到的险情或不测既不具普遍意义，也没有代表性，因为从一个宽泛的层面上去审视，欧洲多数国家的社会治安状况总体上还是正大于负，我们不能因为没有普遍性的个案而尽墨他人，这不符合现代文明国家国民应有的心胸和气度。所以，每当有亲朋好友问起我在欧洲时的生活感受时，我总忍不住要复述爱琴岛上那位老妇人说的话作答：人民都是友好的！

拙作即以此为题。

书分4章：1. 东方欲晓，2. 西域晚红，3. 南国粉黛，4. 北方佳丽，我在此展现欧陆四向的一鳞半爪，旨在给想去欧洲的游客，特别是喜欢自由行的"背包驴友族"以点滴启示。

酒吧招待是叙利亚难民，老板是他同乡。

本书付梓前，我敬请原上海《城市导报》总编辑汪长纬先生作序，有幸获首肯。汪总年逾古稀，但不辞烦劳提携我等晚辈，其品行精神令人不胜钦佩。我请汪总作序也是处心积虑的预谋，因为他是城市问题资深专家，在理论和实践两方皆颇有造诣和才干，所以，他的文字，亦可视为是对本书具有相对权威性的注解。

注：爱琴岛距离雅典很近，乘轮渡船过去仅需一个半小时。小岛是著名的度假胜地，希腊神话中万神之王宙斯的情妇即隐居于此，据说已故英国王妃戴安娜也曾来岛上休闲游玩。

人民都是友好的（代跋）

图书在版编目（CIP）数据

人民都是友好的：欧洲城市人文揽胜/叶晓娴著. —上海：
上海三联书店，2023.8
ISBN 978 - 7 - 5426 - 8182 - 9

Ⅰ. ①人… Ⅱ. ①叶… Ⅲ. ①旅游指南－欧洲
Ⅳ. ①K950.9

中国国家版本馆 CIP 数据核字（2023）第 144514 号

人民都是友好的：欧洲城市人文揽胜

著　　者 / 叶晓娴

责任编辑 / 王　建　陆雅敏
装帧设计 / 陈乃馨
监　　制 / 姚　军
责任校对 / 施　煜

出版发行 / 上海三联书店
　　　　　 （200030）中国上海市漕溪北路 331 号 A 座 6 楼
邮　　箱 / sdxsanlian@sina.com
邮购电话 / 021 - 22895540
印　　刷 / 上海展强印刷有限公司

版　　次 / 2023 年 8 月第 1 版
印　　次 / 2023 年 8 月第 1 次印刷
开　　本 / 890mm × 1240mm　1/32
字　　数 / 140 千字
印　　张 / 6.75
书　　号 / ISBN 978 - 7 - 5426 - 8182 - 9/I · 1820
定　　价 / 38.00 元

敬启读者，如发现本书有印装质量问题，请与印刷厂联系 021 - 66366565